Sina Jorritsma

Juister Angler

Ostfrieslandkrimi

AF129899

Klarant Verlag

Kapitel 1

»Mein Mann ist plötzlich unauffindbar!«

Kommissarin Antje Fedder von der Polizei Juist hatte gerade die Wache aufgeschlossen, als eine Frau hereingestürmt kam und diesen Satz hervorstieß. Als gebürtige Inselfriesin lag es der Polizistin im Blut, sich nicht so schnell aus der Ruhe bringen zu lassen. Außerdem war der Besucherin nicht damit geholfen, wenn Antje sich von ihrer offensichtlichen Panik anstecken ließ. Also deutete sie zunächst auf den Besucherstuhl, der neben ihrem Schreibtisch in der kleinen Polizeistation befand.

»Nehmen Sie doch bitte Platz.«

Die Frau dachte gar nicht daran. Sie blieb mitten im Raum stehen und rang die Hände: »Haben Sie nicht gehört, was ich gesagt habe? Suchen Sie gefälligst nach meinem Mann, anstatt hier herumzusitzen!«

Antje hatte sich nämlich auf ihrem Bürostuhl niedergelassen, um die Vermisstenanzeige aufzunehmen. Nun wurde die Eingangstür aufgestoßen, und Kommissar Roland Witte kam herein. Er war während der Dienststunden Antjes Kollege und privat ihr Freund. Der hochgewachsene dunkelhaarige Polizist nickte der Besucherin lächelnd zu, aber die Frau war nach wie vor auf Krawall gebürstet: »Könnten Sie nach meinem verschwundenen Mann suchen? Sie scheint dazu nicht in der Lage zu sein!«

Anklagend zeigte die Frau mit dem Finger auf Antje. Roland runzelte die Stirn. Wenn jemand die Inselpolizistin heruntermachen wollte, kam dies bei ihm gar nicht gut an.

»Ich habe keinen Grund, um an Frau Fedders Vorgehensweise zu zweifeln«, stellte er klar. »Was ist denn überhaupt vorgefallen?«

»Das wüsste ich auch gern«, fügte Antje hinzu, »und Ihren Namen sowie den Ihres Mannes möchten wir ebenfalls erfahren.«

Der Besucherin schien plötzlich bewusst zu werden, dass sie mit ihrem Verhalten nichts erreichte. Sie senkte den Kopf und murmelte: »Entschuldigen Sie bitte, die Situation ist für mich völlig neu und beängstigend. – Ich heiße Viola Kuhlmann, und der Vorname meines Mannes lautet Frederic. Er wird aber allgemein nur Freddy gerufen.«

Während Viola Kuhlmann sprach, musterte Antje sie unauffällig. Die Frau schien ungefähr so alt zu sein wie die Kommissarin selbst, also Anfang dreißig. Viola Kuhlmann war schlank, ihr dunkles Haar hatte sie zu einer flotten Kurzhaarfrisur schneiden lassen. Bei den Kreolen an ihren Ohrläppchen handelte es sich nicht um Modeschmuck, sondern um hochpreisige Designerstücke. Das farbenfrohe Strandkleid reichte ihr bis zu den Waden – eine passende Textilie an einem Augusttag auf der beliebten Urlaubsinsel. Und das Outfit stammte garantiert nicht von einem Billig-Discounter, sondern von einer Designermarke. Auch die Handtasche war garantiert kein Schnäppchen gewesen.

»Seit wann vermissen Sie Ihren Mann denn?«, fragte die Kommissarin, nachdem sie Roland und sich selbst mit Namen und Dienstgrad vorgestellt hatte – was eigentlich überflüssig war, da sie beide gut sichtbar ein Schild mit dem Nachnamen an ihrem Uniformhemd bzw. der Uniformbluse trugen.

»Seit gestern Abend«, lautete die Antwort. Viola Kuhlmann fügte schnell hinzu: »Ich weiß, was Sie jetzt denken – das ist noch nicht lange her, aber Freddy wird seit geraumer Zeit bedroht. Deshalb bin ich ernsthaft beunruhigt. Er würde niemals über Nacht fortbleiben, ohne mir vorher Bescheid zu geben.«

»Wer hat es denn auf Ihren Mann abgesehen?«, wollte Roland wissen.

»Das weiß ich leider nicht. Freddy hat immer versucht, diese Dinge von mir fernzuhalten. Aber eine Frau spürt natürlich, wenn es ihrem Gatten nicht gut geht.«

»Aus welchem Grund könnte jemand etwas gegen ihn haben?«, fragte Antje.

Viola Kuhlmann machte eine unbestimmte Handbewegung: »Wahrscheinlich ist es einfach Neid; Freddy ist ein erfolgreicher Bauunternehmer. Reichtum führt eben leider zu viel Missgunst. Und so mancher Kerl hätte gewiss auch gern eine Frau wie mich an seiner Seite.«

An Selbstbewusstsein mangelt es ihr jedenfalls nicht, dachte die Kommissarin, wobei sie sich ein Schmunzeln verkneifen musste. Viola Kuhlmann war zweifellos eine attraktive Frau, soweit Antje dies beurteilen konnte. Sie nahm sich vor, Roland so bald wie möglich nach seinem »männlichen Blickwinkel« zu diesem Punkt zu befragen.

»Wann haben Sie das letzte Mal mit Ihrem Ehemann gesprochen?«, wollte der Kommissar wissen.

»Gestern Abend, gegen 19 Uhr«, lautete die Antwort. »Wir hatten in unserem Ferienhaus diniert, danach verspürte ich allerdings starke Kopfschmerzen und habe mich gleich hingelegt. Freddy sagte, dass er noch einige Telefonate erledigen und dann nachkommen wollte. Aber als ich heute früh aufwachte, fehlte im ganzen Haus jede Spur von ihm!«

»Wir werden uns Ihre Urlaubsunterkunft genauer anschauen«, versicherte Antje, »und als Polizei haben wir auch die Möglichkeit, sein Handy zu orten.«

»Daran habe ich auch schon gedacht, Frau Fedder. Leider hat mein Mann sein Smartphone im Ferienhaus liegen gelassen – das tut er normalerweise nie, er hat es stets bei sich. Jemand muss ihn verschleppt haben!«

Oder er will nicht gefunden werden, dachte die Kommissarin. Sie hütete sich allerdings davor, Viola Kuhlmann diese Überlegung mitzuteilen. Jedes Kind wusste heutzutage, dass ein Mobiltelefon leicht angepeilt werden konnte. Wer untertauchen wollte, wurde als Allererstes ein solches Gerät los.

»Wo befindet sich denn Ihr Ferienhaus?«, wollte Roland wissen.

»Am Herrenpfad.«

Antje glaubte zu wissen, in welchem Objekt sich das Ehepaar eingemietet hatte. In der ruhigen Straße, die Richtung Strand führte, gab es mehrere Urlaubsunterkünfte. Aber nur eine davon kam für Juist-Gäste infrage, die offenbar ein Leben auf großem Fuß zu schätzen wussten.

»Haben Sie ein möglichst aktuelles Foto Ihres Gatten für uns?«, bat die Inselpolizistin.

»Selbstverständlich«, lautete die Antwort. Viola Kuhlmann hatte sich jetzt etwas beruhigt, sie schien nicht mehr so durcheinander zu sein, wie sie es bei ihrem Eintreffen auf der Wache gewesen war. Die Besucherin zog ihr Smartphone aus der Handtasche – es war natürlich ein Premium-Modell – und schaute ins Foto-Verzeichnis. Gleich darauf präsentierte sie den Ermittlern ein Bild, auf dem ein lächelnder Mann im Anzug zu sehen war. Er hatte eine Stirnglatze sowie einen kurz geschnittenen gepflegten Vollbart. Vom Alter her schätzte Antje ihn auf vierzig bis fünfzig. Im Hintergrund konnte man einen Rohbau sowie einen Kran, eine Betonmischmaschine und gelagerte Betonquader erkennen.

»Freddy ist ein Mann, der seine Arbeit liebt«, verkündete Viola Kuhlmann stolz. Nachdem die Kommissare ihre Mobilnummern genannt hatten, schickte sie ihnen die Aufnahme. Antje erhob sich von ihrem Bürostuhl und setzte ihre Dienstmütze auf: »Wir begleiten Sie jetzt zu Ihrem

Feriendomizil und verschaffen uns dort einen Eindruck. – Sie sprachen davon, dass Ihr Mann bedroht wurde. Wie wirkte er gestern Abend auf Sie? War er verängstigt oder beunruhigt?«

Viola Kuhlmann schüttelte den Kopf: »Nein, überhaupt nicht. Freddy ist eine starke Persönlichkeit, er lässt sich nicht einschüchtern und versucht immer, allen Ärger von mir fernzuhalten.«

Antje erwiderte nichts, sondern aktivierte die Anrufumleitung auf ihr Handy. Die Juister Polizeistation war normalerweise nur mit ihr und Roland besetzt. In der Hochsaison konnten sie auf weitere Unterstützungskräfte vom Festland hoffen, aber die hierfür angekündigte Kollegin würde erst am nächsten Morgen mit der Fähre auf dem »Töwerland« eintreffen. Daher mussten die Inselpolizisten für ihre Erreichbarkeit sorgen, wenn sie aktuell nicht auf dem Revier waren. Sie verließen zusammen mit Viola Kuhlmann die Polizeistation, die in einem roten Backstein-Einfamilienhaus untergebracht war. Im Erdgeschoss befand sich das Wachlokal mitsamt den Arrestzellen, das erste Stockwerk diente Antje als Dienstwohnung. Roland wohnte als Dauermieter in einer Pension. Die beiden waren zwar ein Liebespaar, aber es hatte sich für sie bewährt, nicht zusammen zu wohnen. Schließlich verbrachten sie ohnehin einen Großteil ihrer Zeit beruflich und privat Seite an Seite, da brauchte jeder von ihnen auch einen Rückzugsort. Die Kommissarin spürte die Sonne auf ihrem Gesicht, als sie aus dem Gebäude trat. Schon so früh am Morgen konnte man die Sommerwärme spüren, die allerdings wegen der ständigen frischen Brise gut zu ertragen war. Von der Carl-Stegmann-Straße – wo sie sich befanden – bis zum Herrenpfad war es nicht weit; die Inselpolizisten nahmen trotzdem ihre Fahrräder mit, da sie sich auf der autofreien Insel meist auf zwei Rädern fortbewegten. Viola Kuhlmann hatte sich zu Fuß auf den Weg zu ihnen gemacht, daher schoben sie ihre Räder, während sie in Begleitung der Ehefrau unterwegs waren. Die Kommissarin versuchte, weitere Hintergründe zu erfahren: »Wer wusste von Ihrer Reise nach Juist? Könnte jemand, der Ihrem Mann feindlich gesonnen war, davon erfahren haben?«

»Ich weiß es nicht, Frau Fedder. Ich wünschte, dass ich Ihnen Namen nennen könnte. Aber Freddy weiß, wie sensibel ich bin und wie sehr ich mir die Dinge zu Herzen nehme. Er versucht, Probleme von mir fernzuhalten.«

»Trotzdem wissen Sie, dass er bedroht wird«, stellte Roland fest.

»Daheim in Hannover gab es öfter wüste Beschimpfungen per Telefon in unserem Privathaus«, berichtete die Ehefrau. »Als ich Freddy davon erzählte, ließ er sofort die Nummer ändern.«

»Hat er Anzeige bei der Polizei erstattet?«, hakte Roland nach.

»Das weiß ich leider nicht, Herr Witte. Mein Mann sagte nur, dass er sich um die Sache kümmern wollte und ich mir keine Sorgen machen müsse. Und danach hörten diese telefonischen Belästigungen ja auch auf, deshalb war ich nicht mehr beunruhigt.«

War Kuhlmann besonders fürsorglich – oder verheimlichte er wichtige Tatsachen vor seiner Frau? Nach Antjes Meinung sollte eine Ehe so etwas wie ein Team sein, wo beide Partner Sorgen und Freuden gleichermaßen miteinander teilten. Wenn sie und Roland irgendwann heiraten würden … sie zwang sich, den Gedankengang abzubrechen. Jetzt war nicht der passende Zeitpunkt für private Gefühle. Inzwischen hatten sie das Ferienhaus erreicht. Die Kommissarin lag mit ihrer Vermutung richtig – es handelte sich um ein erst vor wenigen Jahren errichtetes elegantes Gebäude aus weißen Backsteinen, das Platz für bis zu sechs Urlauber bot und über einen schönen Garten sowie eine Sonnenterrasse verfügte.

»Wie es aussieht, haben Sie Post.«

Roland deutete auf den metallenen Briefkasten, der sich unmittelbar neben der Haustür befand. Aus den Lüftungsschlitzen triefte Blut auf den Kiesweg und den Fußabtreter.

Kapitel 2

Viola Kuhlmann riss die Augen auf und schlug sich die flache Hand vor den Mund. Entweder hatte sie nicht mit diesem Anblick gerechnet oder sie war eine erstklassige Schauspielerin. Die Kommissarin wusste noch nicht, was sie über diese Frau denken sollte.

»War der Briefkasten vorhin schon gefüllt, als Sie aus dem Haus gegangen sind?«, wollte Antje wissen. Viola Kuhlmann schüttelte den Kopf: »Ja … nein … ich weiß nicht! Als ich zur Polizeiwache gelaufen bin, habe ich nicht darauf geachtet ...«

Die wenigsten Urlauber erhielten Briefpost, wenn sie für eine oder zwei Wochen die beliebte Insel besuchten. Antje hatte einmal von einem Vermieter gehört, dass die meisten Postkästen seiner Ferienunterkünfte so gut wie nie benutzt wurden. Roland zog sich Latexhandschuhe über. Der Briefkasten war mit einem einfachen Schloss ausgestattet, das der Kommissar mithilfe seines Taschenmessers leicht öffnen konnte. In dem Postbehälter lag ein Kuvert, außerdem hatte jemand reichlich rote Flüssigkeit hineingeschüttet. Der Kommissar kniff die Augen zusammen, tauchte seine Fingerspitze in das vermeintliche Blut und roch daran: »Das ist eindeutig Himbeersirup, Blut hat nicht so eine zähflüssige Konsistenz. – Da wollte sich wohl jemand einen schlechten Scherz mit Ihnen erlauben.«

Bei der Ehefrau kam diese Einschätzung überhaupt nicht gut an.

»Einen Scherz nennen Sie das?«

Viola Kuhlmanns Stimme klang nun wieder so schrill und hysterisch wie bei ihrem Auftauchen in der Wache. Sie fügte hinzu: »Mein Mann ist in höchster Gefahr, was für einen Beweis brauchen Sie denn noch?!«

Roland erwiderte nichts, sondern reichte den Umschlag an Antje weiter, die sich ebenfalls schon Handschuhe angelegt hatte. Das Kuvert war nicht verschlossen. Darin befand sich ein Werbeflyer für *Kuhlmann Bau*, auf dem ein Foto des Unternehmers zu sehen war. Allerdings hatte jemand dem Abgebildeten die Augen ausgestochen und einen Totenkopf auf dessen Stirn gemalt. Auch ohne hinzugefügte Worte war die Botschaft nicht misszuverstehen. Die Inselpolizistin wollte eigentlich vermeiden, dass die Ehefrau diese Drohung jetzt zu sehen bekam. Aber es war ja ihre Post, daher konnte Antje ihr nicht verwehren, einen Blick darauf zu werfen.

»Da sehen Sie es!«, rief Viola Kuhlmann anklagend. »Unternehmen Sie endlich etwas, um Freddy zu retten!«

»Wir glauben Ihnen ja und nehmen Ihre Vermisstenanzeige durchaus ernst«, betonte die Kommissarin, während sie die verunstaltete Werbeschrift in einen Beweismittelbeutel tat. Roland machte Fotos von dem Briefkasten und der Lache aus Himbeersirup, dann streckte er die Hand aus: »Geben Sie mir bitte den Hausschlüssel. Es ist besser, wenn wir uns zunächst im Inneren umschauen.«

Viola Kuhlmann riss die Augen weit auf: »Sie meinen … jemand könnte mir im Ferienhaus auflauern?«

»Wir wollen einfach auf Nummer sicher gehen«, erwiderte er ausweichend und fügte hinzu: »Sie warten bitte erst einmal hier draußen.«

Nachdem Roland den Schlüssel bekommen hatte, öffnete er die Tür. Dann trat er ein, seine rechte Hand lag auf dem Pistolengriff. Antje ging direkt hinter ihm ins Haus. Es roch nach Sandelholz und Espresso.

»Hier ist die Polizei!«, rief der Kommissar laut. Der schmale Flur war sparsam dekoriert, mit einigen abstrakten Gemälden. Der übliche Wandschmuck in Ferienhäusern bestand aus Bildern von Leuchttürmen und Seehunden.

Offenbar hatte der Inneneinrichter sich davon absetzen wollen. Antje war schon zuvor in diesem Haus gewesen. Daher wusste sie, dass es links in die große offene Küche ging. Dort war eine teure Kaffeemaschine in Betrieb gesetzt worden, eine kleine Espresso-Tasse stand bereit. Ihr Inhalt verbreitete seinen Duft im ganzen Erdgeschoss. Eine rote Leuchte zeigte an, dass der Apparat in Betrieb war. Ob Viola Kuhlmann sich einen starken italienischen Kaffee zubereitet hatte, bevor sie zur Polizeiwache gelaufen war? Daran hatte die Kommissarin ihre Zweifel. Sie folgte Roland, der die rechte Tür geöffnet hatte. Sie führte zu dem Wohnraum. Dort stand ein junger Mann in einem weißen Frottee-Bademantel zwischen Terrassentür und Sitzecke. Er wirkte eher überrascht als verängstigt, als er die Kommissare erblickte. Fest stand nur eins: Es handelte sich bei ihm nicht um Freddy Kuhlmann.

»Wer sind Sie?«, fragte Roland scharf. Der Unbekannte wirkte auf den ersten Blick nicht aggressiv, aber das konnte sich von einer Sekunde auf die andere ändern. Antje schätzte ihn auf Mitte zwanzig, sein dunkelblondes leicht gelocktes Haar wallte bis auf die Schultern. Und er hatte sich offenbar seit einem oder zwei Tagen nicht rasiert.

»Ich muss Ihnen nicht antworten, Sie wohnen überhaupt nicht hier«, gab der Fremde hochnäsig zurück. »Ich bin wegen Viola gekommen. – Viola, wo bist du?!«

Den letzten Satz hatte er laut gerufen. Im nächsten Moment kam die Ehefrau hereingestürmt. Antje hatte die Haustür nur angelehnt gelassen. Viola Kuhlmann fiel aus allen Wolken, als sie den jungen Mann erblickte: »Leon, was machst du hier? Und warum trägst du Freddys Bademantel?«

Er grinste breit: »Weil ich nichts drunter habe. Willst du dich davon überzeugen?«

Der Kerl machte Anstalten, den Gürtel zu lösen, als er von Roland gestoppt wurde.

»Wenn Sie nicht den Ärger Ihres Lebens kriegen wollen, dann bleiben Sie angezogen! Und außerdem haben Sie Frau Kuhlmanns andere Frage noch nicht beantwortet.«

Leon presste die Lippen aufeinander. Er schaltete auf stur, wollte nicht mit der Sprache herausrücken.

»Wie Sie wünschen«, sagte Antje gelassen. »Dann nehmen wir Sie jetzt mit auf die Wache, um Ihre Identität festzustellen. – Frau Kuhlmann, möchten Sie Strafanzeige stellen, weil dieser Mann hier eingebrochen ist?«

Die Ehefrau nickte eifrig und deutete auf anklagend auf den Blonden: »Ja, auf jeden Fall! Er heißt übrigens Leon Mayerbrink und versucht seit Jahren, meine Aufmerksamkeit zu erregen. Leon begreift einfach nicht, dass ich eine glücklich verheiratete Frau bin!«

Diese Aussage schien dem jungen Mann überhaupt nicht zu behagen. Sein Gesichtsausdruck sprach Bände.

»Ja, weil du deine Augen vor der Wirklichkeit verschließt, Viola!«, rief Leon. »Freddy liebt dich nicht, er liebt nur sich selbst und sein Geld. Wenn du das endlich begreifst, dann wirst du dich für mich entscheiden.«

»Ihre Gefühle in allen Ehren, aber Sie sind einer Straftat verdächtig«, stellte Roland sachlich fest. »Wie sind Sie denn nun in das Ferienhaus gelangt? Hat Sie jemand eingelassen?«

Leon schaute den Kommissar an, als ob dieser eine völlig abwegige Frage gestellt hätte: »Nee, ich wollte Viola doch überraschen. Und eingebrochen bin ich schon mal gar nicht – ein Fenster stand in Kippstellung, ich musste nur durch den Spalt greifen und den Hebel umlegen.«

Der ist ja dümmer als die Polizei erlaubt, dachte Antje. Sie sagte: »Das ist immer noch unbefugtes Eindringen, für das Sie sich verantworten müssen. – Wir suchen nach Frederic Kuhlmann, dem Gatten dieser Dame. – Können Sie uns sagen, wo er sich momentan aufhält?«

»Ich habe keine Ahnung. Meinetwegen kann er bleiben, wo der Pfeffer wächst«, gab Leon lässig zurück.

»Hast du ihm etwas angetan?«, rief Viola Kuhlmann, die sichtlich unter der verwirrenden Situation litt.

»Nee, dafür hätte ich ihn ja treffen müssen. Und ich hab ihn seit Wochen nicht mehr gesehen«, lautete die Antwort.

»Ja – weil du immer um unser Haus herumschleichst, wenn Freddy bei der Arbeit ist!«, warf die Ehefrau Leon an den Kopf.

»Ich muss mich doch vergewissern, dass es dir gutgeht«, erwiderte er und bedachte Viola Kuhlmann mit einem verliebten Blick.

»Eines verstehe ich nicht«, sagte die Inselpolizistin, »wenn Sie in dieses Ferienhaus einsteigen, um Ihre Angebetete zu überraschen, wie Sie sagen – dann mussten Sie doch damit rechnen, dem Ehemann über den Weg zu laufen. Wenn Frederic Kuhlmann auf Juist Urlaub macht, dann befindet er sich logischerweise nicht bei der Arbeit. Woher konnten Sie wissen, dass Kuhlmann Ihnen nicht in die Quere kommt, wenn Sie hier im Bademantel auftauchen?«

»Ich bin nicht im Bademantel erschienen«, beteuerte Leon. »Ich habe mich in einem leeren Schlafzimmer im Obergeschoss nackt ausgezogen und dieses Ding hier übergeworfen. Und dann habe ich mir einen Espresso zubereitet.«

Das wird ja immer besser, dachte die Kommissarin. Sie fragte: »Wollten Sie es also darauf ankommen lassen, Ihrem Rivalen zu begegnen?«

»Nee, ganz bestimmt nicht! Bei Freddy hätte ich damit gerechnet, dass er eine Wumme hat und mich über den Haufen knallt.«

Nachdem er diese Sätze an Antje gerichtet hatte, wandte Leon sich Viola Kuhlmann zu: »Du hast mich ja praktisch zu dir eingeladen, als du mir diese Textnachricht geschickt hast. Du würdest mich doch nicht veräppeln, oder?«

»Hast du jetzt endgültig den Verstand verloren?«, fauchte seine Angebetete. »Ich habe dir bestimmt *nicht* getextet!«

»Ich kann die Nachricht zeigen.«

Mit diesen Worten griff er in die Außentasche des Bademantels, wobei dieser beinahe aufgegangen wäre. Aber dort war das Telefon nicht. Leon fügte hinzu: »Ach, mein Handy liegt wohl oben bei meinen Klamotten.«

»Dann gehen wir jetzt zusammen dorthin«, bestimmte Roland. »Vielleicht finden wir ja auch noch ein Personaldokument von Ihnen. Außerdem möchte ich Sie lieber komplett angezogen sehen.«

»Nur keinen Neid auf meinen Prachtkörper.«

Mit diesem Spruch auf den Lippen setzte Leon sich in Bewegung, wobei er der Ehefrau zuzwinkerte, als ob die beiden Komplizen wären. Als die Männer außer Hörweite waren, sagte Viola Kuhlmann mit gedämpfter Stimme: »Ich schwöre Ihnen, dass ich diesem Clown keine Hoffnungen gemacht habe!«

»Ich glaube Ihnen«, versicherte Antje, »aber wenn die Nachricht wirklich existiert, dann stammt sie von jemandem, der wusste, dass Ihr Mann jetzt nicht mehr im Ferienhaus anzutreffen ist. Und das bedeutet für mich: Diese Person weiß etwas über sein Verschwinden.«

Viola Kuhlmann rang nach Atem: »Ja, Sie haben recht! Das ist die einzig logische Erklärung. – Leon … er kommt mir manchmal vor wie ein großes Kind. Gewiss, er geht mir auf die Nerven, aber ich kann ihm nie lange böse sein. Er ist eben verliebt in mich – und außerdem nicht die hellste Kerze auf der Torte.«

Das ist auch mein Eindruck, dachte die Kommissarin. Wenig später kehrten Roland und Leon aus dem ersten Stockwerk zurück. Der Verdächtige trug nun knielange

Jeansshorts, Sneakers und ein weites T-Shirt mit dem Aufdruck eines japanischen Monsterfilms – ein Outfit, das nach Antjes Meinung auch zu einem Zwölfjährigen gepasst hätte. Der Kommissar hielt eine abgegriffene Geldbörse in der Hand: »Wir haben es mit Leon Mayerbrink aus Hannover zu tun, er ist dreiundzwanzig Jahre alt. Eine POLAS-Abfrage habe ich noch nicht machen können.«

»Tun Sie sich keinen Zwang an, ich habe nichts zu verbergen. Ich bin so unschuldig wie frisch gefallener Schnee«, behauptete Leon. Er drückte der Kommissarin sein Smartphone in die Hand: »Hier – ich habe es schon entsperrt. Sie werden merken, dass ich Ihnen keine Märchen erzähle.«

Das Gerät stammte von einer chinesischen Billigmarke, aber das änderte nichts am Inhalt der Textnachricht: »Freddy ist Geschichte, ihn gibt es nicht mehr für mich. Willst du mich überraschen? Ich liege ganz allein im Bett in meinem Ferienhaus auf Juist, Herrenpfad … Und ich warte hier auf dich. Kuss, Viola.«

Laut Datumsstempel war die Nachricht während des vorigen Abends um 19.11 Uhr geschickt worden. Leons Augen glänzten, er hatte die Worte für bare Münze genommen. Aus seiner Sicht war dies als eine Aufforderung zu verstehen, auf die er seit Jahren gewartet hatte.

»Haben Sie den Text gleich gelesen?«, wollte die Kommissarin wissen. Leon antwortete: »Sicher, ich spürte genau, dass mein Leben eine Wende zum Besseren nehmen würde. – Natürlich rief ich die Nummer gleich an, aber das Handy war inzwischen wieder ausgeschaltet. Egal, ich sagte mir: *No Risk, no Fun*. Also schwang ich mich in den nächsten Zug Richtung Küste, nahm anschließend von Norddeich aus morgens den Inselflieger nach Juist – und da bin ich!«

»Dann haben Sie ja bestimmt noch ihr Flugticket«, vermutete Roland. Leon kramte in der Hosentasche und förderte das zerknüllte Papier zutage. Es besagte jedenfalls, dass er morgens um 8 Uhr von Norddeich nach Juist geflogen war – was nicht länger als fünf Minuten dauerte. Antje hatte das Mobiltelefon an Viola Kuhlmann weitergereicht. Die Ehefrau war empört: »Das habe ich nicht geschrieben, und diese Nummer ist mir völlig unbekannt!«

Die Kommissarin nahm das Handy wieder an sich und notierte die Zahlenfolge: »Jemand hat sich anscheinend für Sie ausgegeben. Wahrscheinlich wurde ein Einweghandy benutzt. Man könnte es als einen dummen Streich ansehen – wenn Ihr Mann nicht verschwunden wäre. Wer immer sich diesen fragwürdigen Gag ausgedacht hat, muss über das Verhältnis zwischen Ihnen und Herrn Mayerbrink Bescheid wissen.«

»Es gibt kein *Verhältnis*, wie oft muss ich das noch betonen?«, fauchte die Ehefrau. Leon lächelte entschuldigend: »Sie meint das nicht so, mein plötzliches Erscheinen muss die Gute durcheinandergebracht haben.«

Viola Kuhlmann machte ein Gesicht, als ob sie dem Bengel am liebsten den Hals umgedreht hätte. Roland notierte sich Leons Mobilnummer. Dann sagte er: »Hiermit erteile ich Ihnen für dieses Ferienhaus und für den heutigen Tag einen Platzverweis. Wenn Sie hier noch einmal auftauchen, dann machen Sie sich strafbar.«

Der junge Mann war so verblüfft, dass ihm der Mund offen stehenblieb. Es dauerte einen Moment, bis er die Sprache wiederfand.

»Was sind das denn für üble Methoden?! Sie können mich doch nicht einfach … Viola, sag doch etwas!«

»Geh mir einfach aus den Augen«, presste die Ehefrau hervor.

»Sie folgen besser der Anweisung meines Kollegen«, riet Antje. »Sie tun sich selbst keinen Gefallen, wenn Sie hierbleiben.«

»Ich konnte noch nicht einmal meinen Espresso trinken!«, rief Leon vorwurfsvoll. »Auf dieser verdammten Insel sind scheinbar alle verrückt geworden!«

Er warf Viola Kuhlmann noch einen sehnsüchtigen Blick zu, bevor er hocherhobenen Hauptes aus dem Gebäude stürmte. Durch die großen Panonomafenster konnte man sehen, wie er auf dem Herrenpfad Richtung Ortsmitte verschwand. Ob Leon Mayerbrink wirklich nichts mit dem Verschwinden des Ehemanns zu tun hatte? Die Kommissarin stellte diese Frage für den Moment zurück.

»Wer wusste von Ihrem geplanten Urlaub auf Juist?«, erkundigte sie sich bei Viola Kuhlmann.

»Mit Leon habe ich darüber garantiert nicht gesprochen«, versicherte die Ehefrau, »er muss wirklich durch diese angebliche Nachricht von mir hierhergelockt worden sein. Ansonsten haben wir kein Geheimnis daraus gemacht. In Freddys Unternehmen waren zumindest die führenden Mitarbeiter darüber unterrichtet, der Geschäftsführer Markus Schulz beispielsweise vertritt ja meinen Mann während unserer Abwesenheit. Und im Freundes- und Bekanntenkreis haben es auch einige Leute mitbekommen, ganz zu schweigen von den Kameraden aus Freddys Angelverein.«

Roland nahm das Stichwort auf: »Sind Sie sicher, dass Ihr Mann nicht angeln gegangen ist und versehentlich vergessen hat, Ihnen Bescheid zu geben? Ich weiß, dass manche unserer Sportfischer im Morgengrauen losziehen – einige chartern auch ein Boot fürs Hochseeangeln.«

Viola Kuhlmann verschränkte die Arme vor der Brust: »Das ist absurd, Freddy hätte mich auf jeden Fall verständigt!«

»Könnten Sie bitte trotzdem nachschauen, ob seine Angelausrüstung noch vorhanden ist?«, bat Antje. »Dann wären wir schon einen Schritt weiter.«

»Na schön – damit Sie Ruhe geben! Aber danach sollten Sie endlich mit der Suche nach Freddy beginnen!«

Mit diesen Worten stürmte sie die Treppe hoch.

»Wenn du mich fragst, dann stinkt die ganze Sache zum Himmel«, raunte Roland seiner Kollegin zu. Bevor sie darauf antworten konnte, klingelte ihr Smartphone. Sie nahm das Gespräch an: »Moin, Sie sprechen mit der Polizei Juist. Mein Name ist Fedder. Was können wir für Sie tun?«

Eine aufgeregte Männerstimme ertönte.

»Bitte kommen Sie schnell – hier liegt ein Toter!«

Kapitel 3

Antje atmete tief durch und erwiderte: »Wie lautet Ihr Name?«

»Thorsten Küper. Ich mache hier auf Juist Urlaub und wollte bis zum Billriff wandern. Und da lag dieser arme Teufel am Strand, er ist schon ganz starr ...«

»Können Sie ungefähr beschreiben, wo Sie sich befinden?«

»Ich weiß nicht ... ich habe die Aussichtsdüne am Hammersee hinter mir gelassen, sie ist aber von hier aus noch zu sehen. Der Mann liegt in einer Senke. Er ist mir nur aufgefallen, weil das eine Bein in die Höhe ragt.«

»Bleiben Sie bitte, wo Sie sind, Herr Küper. Mein Kollege und ich machen uns sofort auf den Weg zu Ihnen.«

Mit diesen Worten beendete die Kommissarin das Telefonat. In diesem Moment kam Viola Kuhlmann wieder die Treppe herunter. Sie zog die Augenbrauen zusammen: »Was soll das bedeuten? Haben Sie etwas anderes vor? Wollen Sie sich jetzt doch nicht auf die Suche nach meinem Mann machen?«

Antje verkniff sich die Bemerkung, dass es sich bei dem Toten um Freddy Kuhlmann handeln konnte. Noch gab es keinen Hinweis darauf, dass er ums Leben gekommen war. Die Ehefrau war schon nervös und fahrig genug; es wäre nicht gut gewesen, sie noch mehr zu beunruhigen.

»Konnten Sie die Angelausrüstung finden?«, fragte Roland.

»Ja, Freddy hatte sie im Kleiderschrank verstaut! – Wie gesagt, er hätte mir Bescheid gegeben, wenn er fischen gegangen wäre. Wollen Sie mich im Stich lassen? Ich werde mich über Sie beschweren, wenn Sie nicht ...«

Die Inselpolizistin schnitt ihr das Wort ab, was eigentlich nicht ihre Art war: »Wir müssen momentan einem wichtigen

Hinweis nachgehen, danach melden wir uns umgehend wieder bei Ihnen. Geben Sie mir bitte Ihre Mobilnummer.«

Viola Kuhlmann nannte widerwillig die Zahlenfolge und Antje gab ihr eine von ihren dienstlichen Visitenkarten: »Sie können uns natürlich auch jederzeit erreichen.«

Die Kommissare eilten aus dem Haus, bevor die Ehefrau etwas erwidern konnte. Sie schwangen sich auf ihre Räder und steuerten den westlichen Teil der lang gezogenen Insel an. Das Billriff bildete den Endpunkt des Eilands auf der Borkum zugewandten Seite. Während der Fahrt berichtete Antje Roland vom Inhalt des Notrufs.

»Ach du grüne Neune!«, stieß er hervor. »Ob es Freddy ist, den der Melder gefunden hat?«

»Das werden wir bald erfahren«, gab die Kommissarin zurück. »Falls Kuhlmann ermordet wurde, haben wir jedenfalls schon mal einen Verdächtigen, auf den wir uns konzentrieren können.«

»Denkst du an den Kindskopf im Bademantel? Der ist doch erst heute Morgen auf Juist eingetroffen, und er schien wirklich überzeugt davon zu sein, dass Viola ihn endlich erhört hätte.«

»So ist es, Roland – und Leon war mir tatsächlich nicht in den Sinn gekommen. Vielmehr könnte die Person Kuhlmann auf dem Gewissen haben, die dem Bengel die Botschaft in Violas Namen geschickt hat. Wobei mir schleierhaft ist, was damit bezweckt werden sollte. Hinzu kommt diese eindeutige Botschaft im Briefkasten. Allzu lange kann sie dort noch nicht gelegen haben, andernfalls wäre bei dem warmen Wetter der Sirup schon getrocknet. – Aber lass uns nicht zu wild spekulieren, vielleicht hat der Tote auch gar nichts mit dem Vermisstenfall zu tun.«

Die Kommissare fuhren auf einem Wanderweg so weit, wie es eben ging. Antje kannte als gebürtige Insulanerin Juist wie ihre Westentasche, und auch Roland lebte und arbeitete inzwischen schon seit einigen Jahren auf dem kleinen idyllischen Eiland. Daher entdeckten sie den Leichenfundort schnell. Den letzten Kilometer mussten sie ihre Räder schieben, weil der Weg nicht bis zu der Düne am Rand des weitläufigen Strandes führte. Ein Mann stand neben einem Sandhaufen und winkte ihnen zu. Sogar auf die Entfernung konnte man ein Bein sehen, das steil in die Luft ragte. Es war mit einer hellen Baumwollhose und einem Sportschuh bekleidet. Der Melder wirkte erleichtert, als die Inselpolizisten auf ihn zu kamen.

»Herr Küper?«, vergewisserte sich Antje, nachdem sie Roland und sich selbst mit Namen und Dienstgrad vorgestellt hatte. Küper nickte eifrig. Er war ein braun gebrannter Mann in den Sechzigern mit Schnurrbart und Hornbrille. Seine Kleidung bestand aus Bermudashorts und einem weißen T-Shirt. Schuhe hatte er nicht an den Füßen. Viele Urlauber liebten den besonders feinen Sand des »Töwerlands« und nutzten jede Gelegenheit, um barfuß zu gehen.

»Es ist gut, dass Sie so schnell kommen konnten«, sagte der Tourist. Seine Stimme klang heiser, als er weiterredete: »Ich bin kein Feigling, aber so allein mit einem Toten … da wird einem doch ein wenig unheimlich zumute.«

»Jetzt sind wir ja da«, gab Antje beruhigend zurück. Während Roland zum Handy griff und einen der auf Juist praktizierenden Ärzte alarmierte, nahm seine Kollegin den Leichnam genauer in Augenschein. Ihre Befürchtung bestätigte sich: Es war Freddy Kuhlmann, der leblos in der Sandsenke lag. Und es gab keinen Zweifel daran, dass er nicht mehr lebte. Seine starren Augen waren zum Himmel gerichtet und seine Gliedmaßen hatten sich so verdreht, dass man nicht von einer bequemen Position zum Schlafen oder Ruhen ausgehen konnte. Kuhlmann hatte außer der Baumwollhose eine dunkelblaue Kapuzenjacke an. Wenn er

24

am Abend das Ferienhaus verlassen hatte, wurde es zur Nacht hin etwas kühler – nur ein T-Shirt oder Polohemd hätte unzureichenden Schutz gegen die frische Nordseebrise geboten. Der Tote war in eine steil abfallende Grube gerutscht, die jemand ausgehoben haben musste. Auf diesem Abschnitt des Strandes sah man eher selten buddelnde Kinder mit ihren Spielzeugschaufeln. Wer hatte die Vertiefung gegraben? Darüber konnte die Inselpolizistin sich später Gedanken machen. Jetzt wollte sie erst einmal herausfinden, wie dieser Mann ums Leben gekommen war. Auf den ersten Blick bemerkte sie keine äußeren Verletzungen. Doch als Antje den Leichnam umrundete, fiel ihr eine Wunde an seiner linken Schläfe auf. Konnte dies die Todesursache sein? Sie ermahnte sich, dem Arzt nicht vorzugreifen. Stattdessen fragte sie sich, wie Kuhlmann in die Grube gelangt war. Ob er sie selbst gegraben hatte? Und falls das zutraf – wo war das Werkzeug? Natürlich konnte man auch mit bloßen Händen den Sand umschichten, doch angesichts der Größe dieser Senke musste dies mehrere Stunden lang gedauert haben. In dem Fall würden sich jedenfalls Sandkörner unter den Fingernägeln der Leiche nachweisen lassen. Die Kommissarin kniete sich neben den Toten und begann damit, seine Taschen zu durchsuchen. Sie fand eine Geldbörse, in der mehrere Hundert Euro steckten. Kuhlmann hatte auch seinen Personalausweis bei sich, außerdem einige Kreditkarten sowie den Mitgliedsausweis einer privaten Krankenversicherung. Ansonsten fand sie bei ihm einige Alltagsgegenstände: Kamm, Papiertaschentuch und Lippenbalsam. Doch als Antje an der Kapuzenjacke entlangtastete, hörte sie ein leises Knistern. Ob sie sich getäuscht hatte? Nein – als sie den Stoff erneut berührte, war das Geräusch wieder zu vernehmen. Die Kommissarin zog ihr Taschenmesser und trennte vorsichtig einen Saum auf.

Im Jackenfutter fand sie ein gefaltetes Papier. Sie zog es hervor und warf einen Blick darauf.

»Das ist interessant«, sagte sie laut.

»Hast du mit mir gesprochen?«

Die Frage kam von Roland, der am Rand der Mulde erschienen war. Sie schüttelte den Kopf, stieg mühsam durch den nachgebenden Sand zu ihm hoch und zeigte ihm das Blatt.

»Eine unterschriebene beglaubigte Schuldanerkenntnis über 100.000 Euro, die Kuhlmann an einen gewissen Heiner Voss zu zahlen hat«, stellte der Kommissar fest.

»Es kommt noch besser«, erklärte Antje und verriet ihrem Kollegen, wo sie das Dokument entdeckt hatte. Roland erwiderte: »Also wollte Kuhlmann nicht, dass die Schuldanerkenntnis entdeckt wird – ich bin gespannt, ob seine Gattin davon gewusst hat. Wenn man an Violas bisherige Ausführungen denkt, dann könnte ihr Ehemann sie von finanziellen Sorgen ebenso ferngehalten haben wie von den Drohungen gegen ihn.«

»Müsste sich die Schuldanerkenntnis nicht im Besitz von Heiner Voss befinden?«, rätselte Antje. Sie fügte hinzu: »Er kann mit dem Dokument immerhin beweisen, dass er die Summe von Kuhlmann zu bekommen hat.«

Roland zuckte mit den Schultern: »Vielleicht existiert diese Schuldanerkenntnis in doppelter Ausführung – dies hier könnte eine ›Gedächtnisstütze‹ für Kuhlmann sein, damit er die Rückzahlung nicht ›vergisst‹. Und wahrscheinlich hat er das Dokument hauptsächlich vor Viola versteckt, damit seine Frau nichts von seinen Geldproblemen mitbekommt.«

Er machte eine kurze Pause und ergänzte: »Vorausgesetzt, sie hat uns die Wahrheit gesagt. – Konntest du schon erkennen, wie das Opfer ums Leben gekommen ist?«

»Ich habe eine Kopfverletzung bemerkt. Ob sie ursächlich für seinen Tod ist, wird sich zeigen. – Du hast Küper gehen lassen?«

»Ja, Antje. Nachdem er seine Aussage gemacht hat und ich seine Daten aufgenommen habe, muss er ja hier nicht weiter ausharren. Er bleibt noch eine Woche auf Juist, wir können ihn also nochmals befragen, falls es nötig sein sollte.«

Die Kommissare mussten ihren Gedankenaustausch unterbrechen, denn nun erschien der von Roland verständigte Mediziner. Die Ortsbeschreibung durch den Kommissar war offenbar gut gewesen, denn der Arzt hatte den Tatort auf Anhieb gefunden. Nachdem Antje und Roland ihn begrüßt hatten, machte er sich sofort an die Arbeit. Die Ermittler traten ein paar Schritte zur Seite, um eine erste Bilanz zu ziehen.

»Kuhlmann hat also gestern irgendwann nach 19 Uhr das Ferienhaus verlassen«, begann Antje. Sie fuhr fort: »Vorher wollte er einige Telefonate führen, das sollten wir prüfen. Ging er direkt zum Strand oder hatte er zuvor ein anderes Ziel gehabt? Wollte er sich mit jemandem treffen oder machte er einfach nur einen Spaziergang, um die gute Seeluft zu genießen? Die Sonne geht jetzt im August gegen 21 Uhr unter. Es besteht also zumindest die Chance, dass wir Zeugen finden, die ihm begegnet sind. Und falls er in Begleitung war, können sie die andere Person – oder Personen – vielleicht beschreiben.«

»Zumindest besteht die Möglichkeit«, stimmte Roland zu, »und wir sollten herausfinden, ob ein Urlauber namens Heiner Voss sich aktuell hier aufhält. Außerdem wäre es sinnvoll, die Finanzen des Toten zu überprüfen. Wenn ich es richtig sehe, dann hätten diese Schulden schon vor einem Monat beglichen werden müssen. Das ist wahrscheinlich nicht passiert, denn in dem Fall wäre die Schuldanerkenntnis schon vernichtet worden. So würde ich jedenfalls handeln, wenn ich meinen Gläubiger ausbezahlt hätte.«

»Als ob dir jemand 100.000 Euro leihen würde«, scherzte Antje, wurde aber gleich wieder ernst: »Außerdem sollten wir uns Leon Mayerbrink noch einmal vorknöpfen. Dieser komische Vogel scheint einiges über das Ehepaar zu wissen. Natürlich muss man bei ihm berücksichtigen, dass er bis über beide Ohren in Viola verknallt ist und er schon deshalb nicht gut auf Kuhlmann zu sprechen sein wird.«

Ihr Kollege ergänzte: »Und wir müssen herausfinden, wer diese Grube am Strand ausgehoben hat. Ich denke nicht, dass es Kinder waren. Wenn die Kleinen irgendwo im Sand buddeln, dann graben sie niemals so tief. Es scheint beinahe so, als ob jemand speziell für Kuhlmann eine Art Grab geschaufelt hat, in dem sein Körper verscharrt werden sollte. Vielleicht hat der Täter ihn sogar dazu gezwungen, es selbst zu tun.«

»Daran habe ich auch schon gedacht«, sagte die Kommissarin, »aber dann stellt sich die Frage, warum die Leiche danach nicht mit Sand bedeckt wurde. Denk nur an das Bein, es ragt so auffällig aus dem Boden, dass man es sogar von Weitem sieht. So lässt man den Leichnam doch nicht zurück, wenn man ihn verschwinden lassen will.«

Nun trat der Arzt zu Ihnen: »Ich gehe davon aus, dass dieser Mann durch einen Schädelbasisbruch starb. Sie werden die Verletzung an der linken Schläfe bemerkt haben. Dort wurde er mit sehr großer Wucht von einem harten Gegenstand getroffen, vielleicht einem Metallrohr oder Ähnlichem. Dadurch sind die Hirnhäute, die das Gehirn umhüllen, eingerissen. Es ist etwas Blut und Gehirnflüssigkeit durch Nase und Ohren ausgetreten. Wahrscheinlich besteht die eigentliche Todesursache im Ersticken am eigenen Blut, das in den Rachen gelaufen ist. Wie Sie sehen, befand sich der Mann in Rückenlage. Er wird in die Senke gestürzt sein und durch die Verletzung das Bewusstsein verloren haben. Dann konnte er das Blut nicht mehr ausspucken und kam dadurch ums Leben. Natürlich ist das nur eine vorläufige Einschätzung. Sie werden das Ergebnis der Obduktion abwarten müssen.«

»Wann könnte das Opfer verstorben sein?«, fragte Antje.

»Schätzungsweise zwischen 22 Uhr am gestrigen Abend und Mitternacht«, lautete die Antwort. Der Arzt stellte einen vorläufigen Totenschein aus und verabschiedete sich. Während die Kommissarin mit ihm sprach, telefonierte ihr Kollege bereits mit dem Fuhrmann Joost. Er war den Inselpolizisten in der Vergangenheit schon öfter beim Transport von Leichen aufs Festland behilflich gewesen. Auf der autofreien Insel wurden größere Lasten mit Pferdefuhrwerken transportiert. Die Obduktion musste im Gerichtsmedizinischen Institut Oldenburg vorgenommen werden. Auf dem »Töwerland« gab es dafür keine Möglichkeit. Nachdem sich der Mediziner verabschiedet hatte, kam Roland zu Antje herüber: »Joost spannt die Zossen an, er will spätestens in einer halben Stunde hier sein. Er bringt auch eine Plane mit, um den Körper einzuwickeln.«

Die Kommissarin erwiderte: »Wir müssen nicht beide hier warten. Ich schlage vor, dass du dich mit Joost zusammen um den Leichnam kümmerst. Ich fahre währenddessen zu Frau Kuhlmann zurück, um ihr die Todesnachricht zu überbringen.«

Diese Pflicht gehörte zu den traurigsten Aufgaben im Polizeialltag. Roland warf Antje einen dankbaren Blick zu, weil sie sich freiwillig dazu bereit erklärte. Sie konnte sich natürlich auch Angenehmeres vorstellen, aber es musste ja erledigt werden. Außerdem hoffte sie darauf, im vertraulichen Gespräch »von Frau zu Frau« vielleicht mehr über die

Hintergründe der Tat zu erfahren, als dies in Rolands Beisein der Fall gewesen wäre.

»Ich weiß das zu schätzen«, sagte er. »Wir sehen uns dann später auf der Wache.«

Die Kommissarin ging zu ihrem Fahrrad zurück und erreichte das Ferienhaus innerhalb kürzester Zeit. Sie hatte weiche Knie, als sie dort klingelte. Im Lauf der Jahre hatte sie schon öfter Angehörigen eine solche Hiobsbotschaft überbringen müssen. Es wurde durch zunehmende Erfahrung nicht leichter.

Wahrscheinlich werde ich mich nie daran gewöhnen, dachte sie. Ihre Handflächen waren feucht, als sie klingelte. Viola Kuhlmann öffnete schon nach wenigen Sekunden. Sie schien hinter der Tür gelauert zu haben. Ihr Gesichtsausdruck zeigte eine Mischung aus Hoffnung und Misstrauen.

»Uns wurde ein Leichenfund gemeldet«, begann Antje und hoffte, dass ihre Stimme nicht zitterte, »und ich muss Ihnen leider mitteilen, dass es sich bei dem Toten um Ihren Ehemann handelt. Kommissar Witte und ich sprechen Ihnen unser aufrichtiges Mitgefühl aus.«

Die Witwe taumelte rückwärts, als ob die Inselpolizistin ihr einen Stoß versetzt hätte. Ihre Augen füllten sich mit Tränen: »Das … ist Ihre Schuld! Wenn Sie nicht so getrödelt hätten, anstatt auf der Stelle nach Freddy zu suchen, dann könnte er noch leben!«

Die Kommissarin wusste, dass Angehörige oftmals schnell einen Schuldigen ausmachen wollten, um mit dem Verlust besser umgehen zu können. Sie erwiderte zunächst nichts, sondern folgte Viola Kuhlmann ins Haus. Die Witwe rannte in die Küche, wo sie sich an den Tisch setzte und ihr Gesicht weinend hinter ihren Handflächen verbarg. Ihre Schultern zuckten. Nach Antjes Meinung war ihre Trauer aufrichtig. Man musste schon eine begnadete Schauspielerin sein, um einen solchen Gefühlsausbruch aus dem Stegreif vorspielen zu können. Andererseits: Falls Viola Kuhlmann wirklich etwas mit dem Tod ihres Mannes zu tun hatte, konnte sie sich auf diesen Moment natürlich entsprechend vorbereiten. Die Kommissarin ermahnte sich, keine voreiligen Schlüsse zu ziehen. Sie wartete ein wenig, bis die Witwe sich halbwegs beruhigt hatte. Dann reichte sie ihr ein Papiertaschentuch.

»Ein Irrtum ist leider ausgeschlossen, wir haben den Personalausweis Ihres Mannes sowie einige andere persönliche Dinge bei dem Leichnam gefunden. – Und laut dem Arzt trat der Tod bereits zwischen 22 Uhr am Vorabend und Mitternacht ein. Wir hätten also nur handeln können, wenn wir zu diesem Zeitpunkt schon informiert gewesen wären.«

Viola Kuhlmann reagierte nicht sofort. Antje ging zum Küchenschrank, holte eine Teekanne heraus, setzte einen Wasserkessel auf das Ceranfeld des Herdes und begann so selbstverständlich mit der Teezubereitung, als ob sie Mieterin des Ferienhauses wäre. Sie spürte, dass die Witwe mit ihr reden würde, wenn sie ihr nur etwas Zeit ließ. Und mit etwas Tee im Magen würde es leichter gehen, zumindest für Antje selbst.

»Sie haben recht, ich war zu vorschnell«, sagte die Witwe mit leiser brüchiger Stimme. »Ich hatte schon befürchtet, dass Freddy nicht mehr lebt. Aber die Nachricht von seinem Tod zu bekommen, fühlt sich trotzdem an wie ein Schlag in die Magengrube.«

»Das verstehe ich, Frau Kuhlmann. – Wir müssen leider davon ausgehen, dass Ihr Gatte durch Fremdeinwirkung umkam.«

»Also wurde mein Mann ermordet?«

»Mord, Totschlag, Körperverletzung mit Todesfolge – so genau lässt sich das noch nicht sagen«, erklärte die Ermittlerin. Der Kessel pfiff, und sie goss heißes Wasser über die Teeblätter in der Kanne. Als sie damit fertig war, fragte sie: »Fühlen Sie sich in der Lage, einige Fragen zu beantworten?«

Viola Kuhlmann putzte sich die Nase, trocknete ihre Tränen.

»Ich will es versuchen, Frau Fedder.«

»Sagt Ihnen der Name Heiner Voss etwas?«

Die Witwe horchte auf: »Könnte er Freddy auf dem Gewissen haben? Das ist für mich nur schwer vorstellbar!«

»Also wissen Sie, um wen es sich handelt?«

»Ja, Heiner ist einer von Freddys Anglerfreunden. Wer so hart arbeitet, wie mein Mann es getan hat, braucht als Ausgleich ein Hobby. Für mich wäre das nichts – allein schon die Vorstellung, einen Fisch vom Haken lösen zu müssen, verursacht mir Gänsehaut. Aber ich weiß, dass diese Hobbyfischerei Freddy sehr gutgetan hat. Darum fand ich auch die Idee gut, einen Angelurlaub auf Juist zu machen – obwohl ich von meinem Mann kaum etwas gehabt hätte, wenn er mit Rute und Kescher am Strand gewesen wäre.«

Seine Ausrüstung hat er aber nicht bei sich gehabt, dachte Antje. Kuhlmann musste am Vorabend also das Ferienhaus nicht verlassen haben, weil er seinem Hobby nachgehen wollte. Warum war er fortgegangen, ohne sein Telefon mitzunehmen?

»Ist Ihnen bekannt, ob Heiner Voss sich momentan ebenfalls auf der Insel befindet?«, fragte die Kommissarin. Viola Kuhlmann antwortete: »Das weiß ich nicht – er ist Freddys Freund, nicht meiner. Die beiden Männer kennen einander durchs Angeln, soweit ich weiß. Und damit habe ich wie gesagt nichts am Hut. – Warum interessieren Sie sich so stark für Voss? Hat er etwas mit dem Tod meines Mannes zu tun?«

»Der Name ist bei den Ermittlungen aufgetaucht, das muss aber nichts zu bedeuten haben«, erwiderte Antje. Sie vermied es, Viola Kuhlmann gegenüber die Schuldanerkenntnis zu erwähnen. Das konnte sie später immer noch tun, wobei sie am liebsten zunächst mit Voss sprechen wollte. Die Kommissarin stellte Tassen sowie Kluntjes und Sahne auf den Tisch. Nachdem sie ein Stück Kandis in ihre Tasse getan hatte, ließ sie die starke Assam-Mischung darüber laufen und fügte schließlich noch einen Schuss Flüssigsahne hinzu. Viola Kuhlmann schaute ihr dabei zu, bevor sie dem Beispiel folgte und sich ebenfalls an dem Tee bediente.

»Sie haben vorhin ausgesagt, dass Leon Mayerbrink Sie schon länger verehrt«, erinnerte Antje. »Fallen Ihnen noch andere Männer ein, die sich für Sie interessieren und die vielleicht enttäuscht waren, weil Sie Frederic Kuhlmann geheiratet haben?«

»Sie glauben, dass ein abgewiesener Verehrer Freddy umgebracht haben könnte? Das wäre natürlich möglich … Sie können sich denken, dass etliche Kerle hinter mir her waren – und sind«, erwiderte die Witwe und fuhr sich mit dem »Fingerkamm« durch ihr Haar.

Die ist wirklich sehr von sich eingenommen, dachte die Inselpolizistin. Viola Kuhlmann schien jedenfalls nachzudenken. Sie hatte ihren Tee bereits ausgetrunken und drehte nun die leere Tasse in ihren Fingern. Als sie wieder den Mund öffnete, schien sie mit sich selbst zu sprechen: »Es gibt einen Ex-Freund von mir, der es nicht hinnehmen konnte, dass ich zugunsten von Freddy mit ihm Schluss gemacht habe. Er hat mich mehrfach belästigt, ich musste deshalb Ihre Kollegen in Hannover einschalten. Und ich habe ihn wegen Stalking angezeigt, das liegt allerdings schon sechs Jahre zurück. Er ist dann untergetaucht, ich habe nichts mehr von ihm gehört. Daher dachte ich, er wäre endgültig verschwunden, aber er könnte zurückgekehrt sein. Ihm habe ich aber ganz bestimmt nicht verraten, dass wir auf Juist Urlaub machen.«

»Trotzdem könnte er es auf anderen Wegen erfahren haben, Frau Kuhlmann. Wie lautet sein Name?«

»Er heißt Benjamin Jürgens.«

Antje machte sich eine Notiz und fragte: »Fallen Ihnen noch andere Personen ein, die schlecht auf Ihren Ehemann zu sprechen sind?«

Die Witwe hob die Schultern: »Ich weiß nicht … von seinen Geschäften hat Freddy mich ja immer ferngehalten, und ehrlich gesagt interessiere ich mich auch nicht wirklich für das Baugewerbe. Er hat gelegentlich mal angedeutet, dass der Konkurrenzkampf sehr hart sei und manche Betriebe wieder pleitegingen, kaum dass sie am Markt aufgetaucht wären.«

Die Kommissarin hatte sich inzwischen noch eine weitere Tasse Tee genehmigt. Sie stand nun auf und sagte: »Ich lasse Sie jetzt in Ruhe, vielleicht fällt Ihnen später noch etwas ein. – Die Leiche Ihres Mannes muss auf dem Festland obduziert werden. Sobald sie freigegeben wird, sage ich Ihnen Bescheid. Gibt es jemanden, der sich um Sie kümmern kann?«

»Ich bin stärker, als ich aussehe, Frau Fedder. Vielleicht rufe ich eine Freundin an, damit sie herkommt. Ich möchte nämlich auf Juist bleiben, bis Sie den Mörder gefasst haben.«

Die Aussicht, Viola Kuhlmann vielleicht ständig an den Hacken zu haben, gefiel Antje überhaupt nicht. Aber sie konnte der Witwe natürlich nicht verbieten, sich weiterhin auf der Insel aufzuhalten. Sie verabschiedete sich und fuhr zur Wache zurück. Dort war auch Roland wieder eingetroffen.

»Der Leichnam wird mit der nächsten Fähre nach Norddeich gebracht«, berichtete er, »ab dort übernehmen Kollegen den Weitertransport nach Oldenburg.«

Die Kommissarin nickte und berichtete, was sie von der Witwe erfahren hatte.

»Dieser Stalker könnte ein aussichtsreicher Kandidat sein«, meinte Roland, »wobei ich mich frage, warum er plötzlich wieder auftauchen sollte, nachdem er so lange in der Versenkung verschwunden ist. Außerdem hat sie ihn ja schon wegen Nachstellung angezeigt.«

»Ja, aber nach fünf Jahren ist Stalking verjährt«, erinnerte Antje, »deshalb könnte er nicht mehr belangt werden. Falls Frau Kuhlmann eine neuerliche Strafanzeige stellt, sieht die Sache natürlich schon wieder anders aus.«

Roland hatte bereits seinen Computer eingeschaltet und sich die elektronische Fallakte aufgerufen. Die Hannoveraner Polizei war hinter Jürgens her gewesen, konnte ihn aber in seiner Wohnung nicht antreffen. Eine Befragung in seinem Bekanntenkreis hatte ebenfalls kein Ergebnis gebracht. Auch seine Familie konnte angeblich nichts über seinen aktuellen Aufenthalt sagen. Während der vergangenen sechs Jahre waren keine weiteren Informationen in der Akte nachgetragen worden. Da die Strafanzeige schon so lange zurücklag und es keine neuen Erkenntnisse gab, wurde aktuell nicht mehr nach ihm gefahndet. Die Kommissarin schaute ihrem Kollegen über die Schulter: »Das Foto ist alt, er kann sein Aussehen inzwischen erheblich verändert haben. – Was ist denn mit Heiner Voss? Taucht sein Name in den Datenbanken auf?«

Roland startete eine neue Abfrage und schüttelte den Kopf: »Voss ist zumindest polizeilich noch nicht in Erscheinung getreten. Lass uns überprüfen, ob er auch gerade auf Juist verweilt.«

Die Ermittler verließen die Polizeistation und fuhren zum Rathaus hinüber. Dort befand sich auch die Hauptstelle der Touristeninformation. Jeder Besucher der Insel musste die »Töwercard« erwerben, mit der er seinen Gästebeitrag zahlte. Dadurch ließ sich leicht feststellen, welche Personen sich aktuell auf dem Eiland befanden. Antje und Roland erkundigten sich nach dem Gesuchten. Die Mitarbeiterin konnte ihnen weiterhelfen: »Ja, ein Urlauber namens Heiner Voss wohnt seit drei Tagen im *Hotel Bismarck*.«

Kapitel 4

Der nach dem ehemaligen deutschen Reichskanzler benannte Beherbergungsbetrieb war ein Traditionshaus, das sich an der Bahnhofstraße befand. Für viele Urlauber war es irritierend, dass es auf der Insel zwar eine Straße mit diesem Namen gab, die Kleinbahn aber schon 1982 stillgelegt worden war. Die Kommissare bedankten sich und wollten das Rathaus verlassen, als Bürgermeisterin Silke Meester auf sie zu gestürmt kam. Antje glaubte manchmal, dass die Amtsträgerin einen sechsten Sinn dafür hatte, wenn die Inselpolizisten sich in ihrer Nähe aufhielten. Silke Meester war aber nicht nur die gewählte Repräsentantin von Juist, sondern auch Tjark Fedders Freundin – in gewisser Weise also Antjes Stiefmutter. Die Amtsträgerin war wie immer elegant gekleidet – blauer Blazer, weiße Seidenbluse, grauer knielanger Rock. Die blonde und sehr schlanke Dame machte oft einen hektischen Eindruck, weil sie von morgens bis abends kreuz und quer über »ihre« Insel düste, um alle anstehenden Probleme des »Töwerlands« am liebsten persönlich zu lösen. Dabei blieb es nicht aus, dass sie sich manchmal auch in die Polizeiarbeit einmischte. Antje hatte ihr dies allerdings schon teilweise abgewöhnen können.

»Ich war vorhin beim Arzt, als er zu einem Polizeieinsatz gerufen wurde«, sagte Silke Meester mit gedämpfter Stimme. »Was ist geschehen?«

»Wir müssen von einem Tötungsdelikt ausgehen, Roland und ich haben die Ermittlungen bereits aufgenommen«, gab Antje ebenso leise zurück. Diese Auskunft behagte der Amtsträgerin offenbar überhaupt nicht – was verständlich war, denn Mord und Totschlag stellten nicht gerade Werbung für das idyllische Ferienziel dar. Roland klopfte der Bürgermeisterin beruhigend auf die Schulter. Genau wie Antje war er mit ihr per Du: »Wir haben schon einige heiße

Spuren. Wenn wir ungestört arbeiten können, dann werden wir diesen Fall gewiss bald lösen.«

Der Kommissar unterstrich seine Worte, indem er vertrauenerweckend lächelte. Silke Meester schien sich mit seiner Auskunft zufriedenzugeben – zumindest für den Moment: »Nun gut, dann will ich euch nicht aufhalten. Wir sehen uns ja bestimmt heute Abend in Tjarks Lokal, bis dahin wisst ihr vielleicht schon mehr.«

Tatsächlich verbrachten die Inselpolizisten ihre freien Abende meist in der *Juister Kajüte*. Antjes Vater war vor seiner Pensionierung zur See gefahren und hatte seine gemütliche Gaststätte an der Strandpromenade mit zahlreichen Souvenirs geschmückt, die er bei seinen Reisen auf allen Weltmeeren erworben hatte.

»Ja, dann sprechen wir in Ruhe weiter«, versicherte die Kommissarin und eilte aus dem Rathaus. Roland folgte ihr. Es lohnte sich nicht, mit den Rädern zum *Hotel Bismarck* zu fahren. Das imposante weiße Gebäude im Seebäderstil befand sich nur einen Steinwurf weit von ihnen entfernt. Auf dem Weg dorthin sagte Antje: »Hoffentlich hast du Silke nicht zu viel versprochen. Du weißt ja, wie penetrant sie sein kann.«

»Ach, das werde ich schon deichseln«, versicherte ihr Kollege. »Bis dahin ist noch viel Zeit, und bei diesem Mord geht es entweder um Sex oder um Geld. Im Zweifelsfall um beides. Viola Kuhlmann ist zweifellos eine Frau, für die so mancher Mann über Leichen gehen würde.«

Antje musste sich eingestehen, dass diese Bemerkung ihr einen Stich versetzte. Einerseits hatte Roland ihr bisher keinen Grund gegeben, an seiner Treue zu zweifeln. Andererseits war er ein unbeschwerter Typ, der das Leben von der leichten Seite nahm. Sie erinnerte sich an den Moment, als sie ihn zum ersten Mal gesehen hatte. Als er damals die Fähre verließ, war er während der Überfahrt mit einer äußerst attraktiven Touristin ins Gespräch gekommen, die von Antje prompt für seine Freundin gehalten wurde. Allerdings musste die Kommissarin sich bewusst machen, dass er damals noch nicht mit ihr liiert gewesen war. Sie verdrängte die Überlegung und versuchte, nicht allzu missgünstig zu klingen: »Ich habe auch schon vermutet, dass die Witwe für Männer ein echter Hingucker ist. Es ist gut, dies aus deinem Mund bestätigt zu bekommen.«

»Es gibt keinen Grund zur Eifersucht«, versicherte Roland, »ich bin doch schon mit der tollsten Frau auf Juist zusammen.«

Antje errötete und fühlte sich ertappt.

»Ich bin doch nicht eifersüchtig, du spinnst wohl«, murmelte die Kommissarin – wobei sie selbst fand, dass sie sich nicht besonders überzeugend anhörte. Roland fuhr unbeirrt fort: »Wie auch immer – Viola erbt das Bauunternehmen, falls es kein anderslautendes Testament gibt. Vorhin war von einem Geschäftsführer die Rede, sodass sie sich noch nicht einmal persönlich um den Betrieb kümmern muss. Sie kann einfach die Gewinne kassieren. Ob sie mit dem Mörder unter einer Decke steckt? Das wissen wir nicht. Aber wenn der Täter es schafft, sich in ihr Herz zu schleichen, dann kann er sich buchstäblich ins gemachte Nest setzen.«

»*In ihr Herz zu schleichen* – du kannst ja richtig poetisch sein«, erwiderte Antje. Sie war froh, dass ihr Freund sie nicht mit ihrer tatsächlich vorhandenen Eifersucht aufzog.

»Man tut, was man kann«, meinte er lächelnd. Sie hatten nun das Hotel erreicht, Roland machte eine einladende Handbewegung: »Ladies first.«

Antje lächelte und wollte die Doppelschwingtür aufstoßen, als ihr eine wohlbekannte Gestalt entgegenkam und sie beinahe umgerannt hätte.

»Herr Mayerbrink – was machen Sie denn hier?!«, fragte sie verblüfft. Violas aufdringlicher Verehrer war offensichtlich gar nicht begeistert davon, den Polizisten schon wieder über den Weg zu laufen. Er setzte eine störrische Miene auf.

»Wollen Sie mich auch aus diesem Hotel vertreiben? Ich habe nach einem freien Zimmer gefragt, das ist ja wohl nicht verboten, oder?«

Darauf erwiderte Antje nichts. Sie hatte über Mayerbrinks Schulter hinweg Augenkontakt mit der jungen Angestellten aufgenommen, die hinter dem Rezeptionstresen stand. Die Kommissarin hatte vor einigen Wochen engeren Kontakt mit ihr, weil sie einen renitenten Gast aus der Hotelbar entfernen musste.

»Gehen Sie einfach zur Touristeninformation im Rathaus, dort können Sie sich nach Unterkünften erkundigen«, sagte Roland und trat zur Seite. Leon Mayerbrink verließ fluchtartig das Gebäude. Die Hotelhalle verfügte über einen sehenswerten Mosaikboden, der eine altmodische Weltkarte darstellen sollte – einschließlich Walen und Seeungeheuern. An den getäfelten Wänden hingen Ölgemälde, auf denen der letzte deutsche Kaiser, dessen Gattin und auch Otto von Bismarck zu sehen waren. In dieser nostalgischen Umgebung wirkte die zwanzigjährige Rezeptionistin in ihrer Hoteluniform etwas fehl am Platz.

»Moin, Janine«, sagte Antje, als die Mitarbeiterin sich den Kommissaren zuwandte. Die Inselpolizistin deutete mit einer Kopfbewegung Richtung Tür: »Zunächst möchte ich gern erfahren, was der junge Mann hier wollte.«

»Er hat sich nach einem Gast namens Heiner Voss erkundigt«, gab Janine Scholl bereitwillig Auskunft, »aber ich kann natürlich nicht solche persönlichen Daten einem Fremden preisgeben. Immerhin muss der Typ gewusst haben, dass Herr Voss hier abgestiegen ist – denn er fragte, ob der Gast auf seinem Zimmer sei. Als ich nicht antworten wollte, wurde er pampig. Daraufhin kündigte ich an, den Hotelier zu verständigen. Da machte er sich aus dem Staub, und dann seid ihr ja auch schon erschienen.«

»Also hat er gelogen«, stellte die Kommissarin fest. »Mir gegenüber behauptete er, sich nach einer Übernachtungsmöglichkeit erkundigt zu haben.«

Janine Scholl schüttelte den Kopf: »Also, das hat er definitiv nicht getan.«

»Auch wir müssen mit Heiner Voss reden«, erklärte Antje, »und ich hoffe, dass du der Polizei gegenüber auskunftsfreudiger bist.«

»Selbstverständlich, Antje. – Herr Voss ist vor einer Viertelstunde mitsamt seiner Angelausrüstung losgezogen. Er hat schon gestern erzählt, dass er zum Brandungsangeln nach Juist gekommen sei und die beste Stelle auf dem Strandabschnitt unweit der Aussichtsdüne beim Hammersee ist.«

Also dort, wo Kuhlmanns Leiche lag, dachte die Kommissarin. Sie fragte: »Weißt du, ob Voss auch am gestrigen Tag oder Abend dort angeln war?«

»Das weiß ich nicht.«

»Wir werden es herausfinden. – Eine Frage habe ich noch: Kannst du mir seine Mobilnummer geben?«

»Einen Moment bitte«, erwiderte die Rezeptionistin. Sie schaute in ihren Computer und nannte Antje dann eine Zahlenfolge. Die Kommissare bedankten sich bei ihr und verließen das *Hotel Bismarck*.

»Willst du Voss anrufen?«

»Momentan nicht, Roland. Ich halte es für sinnvoller, wenn wir den Angler überrumpeln. Vielleicht bekommen wir auf diese Art mehr aus ihm heraus. – Die Telefonnummer ist jedenfalls nützlich, um seine Angaben zu überprüfen. Wenn er das Handy immer bei sich hatte, müssten wir ein Bewegungsprofil von ihm erstellen können.«

Während die Inselpolizisten wieder Richtung Billriff radelten, sprachen sie weiter über den Fall.

»Hat Leon uns verschaukelt?«, dachte der Kommissar laut nach und ergänzte: »Ist er vielleicht gar nicht hinter Viola her, sondern soll im Auftrag von Voss herausfinden, ob Kuhlmann noch irgendwo Geld versteckt hat? Die Schuldanerkennntnis war jedenfalls schon fällig. Wenn ich 100.000 Euro zu kriegen hätte und mein Schuldner nicht zahlt, würde ich zweifellos nervös werden.«

»Das wäre eine Möglichkeit«, erwiderte Antje, »es gibt offenbar eine Verbindung zwischen den beiden Männern.«

Roland gab zu bedenken: »Der Bengel wusste jedenfalls, in welchem Hotel der Angler abgestiegen ist. Aber wenn Leon von Voss angeheuert wurde – warum kannte er dessen Mobilnummer nicht? Es wäre nahe liegender gewesen, ihn anzurufen, anstatt sich an der Rezeption nach ihm zu erkundigen, und dann auch noch auf Granit zu beißen. Ich würde eher davon ausgehen, dass der Milchbart mit dem Gläubiger in Kontakt treten will, aus was für Gründen auch immer. Wenn wir ihn fragen, woher er Voss' Hoteladresse kannte, wird er uns ein Märchen erzählen.«

Die Ermittler ließen ihre Räder wieder zwischen den Dünen zurück und stapften durch den weichen Sand zum Strand hinunter. Obwohl sie nicht wussten, wie Voss aussah, war er leicht zu finden. Es gab nur einen Mann, der an diesem einsamen Uferabschnitt im knietiefen Wasser stand und eine Angelrute in den Händen hielt. Er bemerkte die Inselpolizisten nicht, weil sein Blick Richtung offenes Meer gerichtet war. Der Angler war mit einer grauen Wathose bekleidet, die ihm fast bis zur Brust reichte. Ansonsten trug er ein schwarzes T-Shirt. Sein graues Haar war kurz geschnitten, und die Haut seiner bloßen Arme wies eine tiefe Sonnenbräune auf. Vermutlich war er oft an der frischen Luft. Die Ermittler stoppten beim Spülsaum, als die Gischt beinahe ihre Schuhe erreichte. Antje hatte keine Lust, ihre Uniformhose schon wieder zu ruinieren. Erst vor Kurzem hatte sie eine Frauenleiche aus dem flachen Wasser vor dem Strand ziehen müssen und war dabei nass wie eine Katze geworden. Die Möwen kreischten, die Brandung donnerte – es war nicht gerade leise. Sie formte ihre Hände zu einem Trichter und rief: »Herr Voss!«

Der Angler zuckte zusammen und drehte sich in der Hüfte, sodass er in ihre Richtung blicken konnte. Trotz der Entfernung war zu erkennen, dass die Störung ihm überhaupt nicht zusagte. Die Kommissare waren in Uniform, also konnte er sie nicht einfach ignorieren. Voss war glattrasiert, sein Haaransatz wich an der Stirn zurück. Die Inselpolizistin schätzte ihn auf ungefähr sechzig Jahre.

»Ich habe einen Angelschein, es ist alles rechtens!«, rief er in derselben Lautstärke, die Antje angeschlagen hatte. Nun öffnete auch Roland den Mund: »Kommen Sie bitte aus dem Wasser, wir müssen mit Ihnen sprechen! Und was wir zu sagen haben, soll nicht halb Juist mitbekommen!«

Das war etwas übertrieben, denn weit und breit ließen sich keine anderen Menschen blicken. Voss reagierte nicht sofort; vermutlich überlegte er, ob er der Aufforderung nachkommen sollte oder nicht. Dann rollte er die Leine auf und bewegte sich langsam auf den Spülsaum zu. Als er noch ungefähr eine Armlänge entfernt war, nannte Antje Rolands und ihren eigenen Namen. Bevor sie weitersprechen konnte, hob Voss warnend den rechten Zeigefinger. Seine Angelrute hatte er nun geschultert: »Es war ganz schön riskant von Ihnen, sich so lautlos an mich heranzuschleichen. Ich wollte eigentlich nicht versehentlich zum Polizistenmörder werden.«

Roland runzelte die Stirn: »Wie meinen Sie das?«

43

»Wenn ich das Werfen der Leine übe, dann befestige ich an ihrem Ende ein Wurfblei«, erklärte der Angler, »und dabei saust das Metall mit einer irren Geschwindigkeit durch die Luft. Ich habe am Hinterkopf keine Augen, darum ist es so wichtig, an einem stillen Platz zu trainieren. Mit einem Wurfblei kann man einen Menschen umbringen, wenn man ihn besonders unglücklich trifft. Da spielt es auch keine Rolle, dass es noch nicht einmal 200 Gramm wiegt.«

»Wir wissen es zu schätzen, dass Sie uns nicht ins Jenseits befördern wollen«, gab Antje trocken zurück, »und tatsächlich müssen wir wegen eines Tötungsdelikts mit Ihnen sprechen. – Sagt Ihnen der Name Frederic Kuhlmann etwas?«

Voss' Gesicht nahm einen misstrauischen Ausdruck an: »Ist der Kerl neuerdings nicht nur ein Betrüger, sondern auch ein Mörder?«

»Das können wir Ihnen nicht sagen«, gab Roland ruhig zurück, »aber fest steht, dass Frederic Kuhlmann niemanden umbringen kann – er ist nämlich selbst getötet worden.«

Voss kniff die Augen zusammen: »Wollen Sie mich verkohlen? Sind Sie überhaupt echte Polizisten? Oder ist hier irgendwo eine versteckte Kamera, und Sie lassen gleich die Hüllen fallen?«

»Sie werden nicht erleben, dass ich vor Ihnen strippe.«

Mit diesen Worten zog Antje ihr Smartphone hervor und zeigte Voss ein Foto von der Leiche. Die Kommissarin machte stets einige Aufnahmen vom Opfer und der unmittelbaren Umgebung am Tatort. Voss rang nach Luft. Der Anblick seines toten Schuldners schien ihn zu schocken. Das Blut wich aus seinem braun gebrannten Gesicht. Die Ermittlerin konnte sich nicht vorstellen, dass Voss diese Reaktion schauspielern konnte.

»Aber wie … glauben Sie, ich hätte …«

»Versuchen Sie bitte, in ganzen Sätzen zu sprechen«, sagte Antje freundlich, aber bestimmt. »Sie haben Frederic Kuhlmann eben noch einen Betrüger genannt und ihm zugetraut, einen Mord zu begehen. Das klingt für mich danach, dass Sie nicht gut auf ihn zu sprechen sind.«

»Das würde Ihnen in meiner Lage auch so gehen, Frau Fedder.«

Antje hatte ihren Namen nicht genannt, aber er stand gut lesbar auf dem Metallschild an ihrer Uniformbluse. Voss redete aufgeregt weiter: »Dieser Kerl hat mich um 100.000 Euro betrogen, die ich ihm voller Vertrauen geliehen habe. Das Geld kann ich wohl in den Wind schreiben, denn ich werde es niemals wiedersehen. Freddy ist so pleite, wie man nur sein kann. Versuchen Sie mal, einem nackten Mann in die Tasche zu fassen. Freddys Baubetrieb, um den er immer so viel Wirbel veranstaltet, existiert nur noch auf dem Papier. Insolvenzverschleppung ist doch ebenfalls strafbar, oder?«

Antje kannte sich mit Wirtschaftsstraftaten nicht aus, außerdem stand für sie die Ergreifung des Mörders im Vordergrund. Daher antwortete sie: »Wenn der Verdacht auf Insolvenzverschleppung besteht, wird sich ein Fachkommissariat darum kümmern. – Können Sie Ihr Geld nicht auf dem Klageweg zurückbekommen?«

»Theoretisch ja, aber es gibt kein Vermögen mehr«, knurrte Voss. »Freddy hat seine Kröten mit diesem Luxusweibchen verprasst, dem gehören noch nicht mal seine Kleider auf dem Leib. Viola erbt jetzt seine Schulden, aber mein Mitleid hält sich in Grenzen.«

»Diese Frau hat immerhin ihren Ehemann verloren«, stellte Roland klar, den Voss' Kaltschnäuzigkeit nervte, »Sie können ruhig ein wenig Pietät zeigen.«

»Denken Sie, ich bin der Einzige, den Freddy aufs Kreuz gelegt hat? Was glauben Sie, wie viele Häuslebauer vor dem

Nichts stehen, weil sie seinem Unternehmen vertraut haben? Die sitzen jetzt in ihren halb fertigen Rohbauten und beten darum, dass sich ein anderer Betrieb ihrer annimmt. Nur sind sie leider meist pleite, weil sie Freddy zu hohe Vorschüsse gezahlt haben.«

Ob Voss' Darstellung glaubwürdig war? Das ließ sich nachprüfen, am einfachsten durch einen Anruf bei der Hannoveraner Polizei. Wäre Kuhlmann nicht längst hinter Gittern, wenn er so viele Menschen ins Unglück gestürzt hatte? Nicht zwangsläufig – wenn der Staatsanwalt keine Flucht- oder Verdunkelungsgefahr erkannte, blieb der Verdächtige bis zu einem Prozess auf freiem Fuß.

»Wie ist Freddy eigentlich gestorben?«, fragte Voss.

»Das Opfer hat einen heftigen Schlag oder Stoß gegen die Schläfe bekommen, was zu einem Schädelbasisbruch führte. Todesursache war das Ersticken am eigenen Blut.«

Die Kommissarin hätte selbst nicht sagen können, warum sie Voss eine so detaillierte Auskunft gab. Fest stand, dass er darauf seltsam reagierte. Es war, als ob er diese Todesart schon befürchtet hätte, aber nun eine Bestätigung hatte. Antje versuchte, sich nichts anmerken zu lassen.

»Kennt Viola Kuhlmann ihre finanzielle Lage?«, fragte Roland.

»Das weiß ich nicht, Herr Witte. Wenn Sie mich nach meiner Meinung fragen: Ich bezweifle es. Diese Frau hat Freddy bestimmt nicht aus Liebe, sondern nur wegen seines Geldes geheiratet. Jetzt, wo er nicht mehr lebt und es nichts mehr zu holen gibt, wird sie weiterziehen. Sie mögen meine Worte hart finden, aber ich bin nun mal Realist.«

Antje bezweifelte, dass Viola Kuhlmann wirklich keine echten Gefühle für ihren Ehemann gehabt hatte. Ihre Trauer kam der Kommissarin echt vor, und immerhin hatte sie durch ihre Vermisstenmeldung die Untersuchung überhaupt erst angeschoben. Andererseits: Falls die Witwe tatsächlich in die Ermordung ihres Gatten verwickelt war, musste sie natürlich alles tun, um unschuldig zu erscheinen. Die Inselpolizistin stellte diesen Punkt zurück.

»Was machen Sie eigentlich beruflich, Herr Voss?«

»Ich besitze ein Dutzend Schnellreinigungen zwischen Hannover und dem Harz, das ist ein krisensicheres Geschäft. Irgendjemand macht sich immer schmutzig.«

Und es ist ein Gewerbe, in dem man Schwarzgeld einnehmen kann, dachte Antje. Darüber wollte sie später mit ihrem Kollegen unter vier Augen sprechen. Jetzt hatte sie zunächst eine andere Frage: »Wie haben Sie und Kuhlmann einander kennengelernt?«

»Durch unser gemeinsames Hobby, das Angeln«, lautete die Antwort. »Ich gebe zu, dass ich auf Freddy hereingefallen bin. Er ist – war – ein Mann, der sich beliebt zu machen verstand, sowohl bei Kerlen als auch bei Frauen. Deshalb haben die Menschen ihm wohl auch ihr Geld anvertraut. Wir kamen bei unseren Treffen im Anglerheim ins Gespräch, weil uns als Unternehmer dieselben Sorgen plagen: zu hohe Steuern, keine Fachkräfte und so weiter.«

Mir kommen die Tränen, dachte Antje.

»Wussten Sie von Kuhlmanns Urlaub auf Juist?«, wollte sie wissen. Voss zögerte für ihren Geschmack einen Moment zu lange mit der Antwort: »Nein, ich habe seit Längerem keinen Kontakt mehr zu diesem Halunken gehabt.«

Roland ließ nun die Katze aus dem Sack: »Darüber wundere ich mich. Die Rückzahlung der 100.000 Euro hätte laut Schuldanerkenntnis schon vor zwei Wochen geschehen müssen. Haben Sie nicht wenigstens versucht, einen Teil des Geldes zurückzubekommen?«

»Wo ist dieser …?«

Der Gläubiger beendete den Satz nicht und machte ein Gesicht, als ob er am liebsten seine Zunge verschluckt hätte.

»Die Schuldanerkenntnis ist ein Beweismittel, daher können wir sie momentan nicht aushändigen«, erklärte die Kommissarin förmlich. »Wo waren Sie gestern Abend zwischen 22 Uhr und Mitternacht?«

»Warum wollen Sie das wissen? War das die Zeit, als man Freddy …? Sie glauben, ich hätte ihn auf dem Gewissen?«

»Beantworten Sie einfach die Frage meiner Kollegin«, forderte Roland.

»Ich war hier, an dieser Stelle und habe geangelt«, erwiderte Voss. »Wenn ich im Wasser stehe und die Rute in Händen halte, vergesse ich die Welt um mich herum.«

»Gibt es dafür Zeugen?«

»Nein, Herr Witte. Aber ich habe mit Kuhlmanns Tod nichts zu tun.«

»Das wird sich zeigen.« Roland deutete in Richtung des Tatorts und ergänzte: »Ihr Schuldner wurde 50 Meter Luftlinie von hier umgebracht.«

Diese Information machte Voss für den Moment sprachlos. Antje neigte dazu, seine Worte zu glauben. Wenn Voss wirklich der Mörder war – würde er dann zugeben, sich zur fraglichen Zeit in unmittelbarer Tatortnähe aufgehalten zu haben? Juist war zwar eine kleine Insel, aber er hätte zumindest behaupten können, ganz am anderen Ende gewesen zu sein – was sich allerdings auch nicht beweisen ließ. Oder rechnete er damit, dass die Polizei das Bewegungsprofil seines Handys auswerten würde? Wenn die Tat eiskalt geplant und durchdacht war, dann musste der Mörder auch diese Möglichkeit berücksichtigen. Und er wirkte sogar glaubwürdiger, wenn die technische Auswertung seine Angaben bestätigte.

»Sie hatten Motiv und Gelegenheit für die Tat«, stellte die Kommissarin fest. »Sie können jetzt erst einmal weiter angeln, aber halten Sie sich zu unserer Verfügung. Sie dürfen die Insel nicht verlassen, ohne sich vorher bei der Polizei abzumelden.«

Mit diesen Worten gab sie Voss eine ihrer Visitenkarten. Bevor sie sich abwandte, stellte sie noch eine letzte Frage: »Sagt Ihnen der Name Leon Mayerbrink etwas?«

»Nein, nie gehört.«

Ob diese Behauptung zutraf? Die Kommissare stapften Richtung Dünen davon. Als Antje den Fuß der nächsten Sandanhäufung erreicht hatte, drehte sie sich noch einmal um. Voss war wieder in die Nordsee gewatet. Man konnte nun sehen, wie er weit ausholte und die Leine ins Wasser warf.

»Wir haben den Herrn jetzt auch am Haken«, meinte Roland trocken.

Kapitel 5

Nachdem sie die Polizeistation wieder erreicht hatten, tauschten sie ihre Gedanken über Voss aus.

»Ich würde mich nicht wundern, wenn dieser wackere Saubermann seinem Anglerkumpel eine größere Schwarzgeldsumme anvertraut hatte«, meinte Antje. »Das Problem: Wenn Voss von Kuhlmann wirklich übers Ohr gehauen wurde, konnte er aus nahe liegenden Gründen keine Strafanzeige stellen.«

Roland war skeptisch: »Ich halte ihn ja auch für schuldig – aber wenn die Summe unversteuert war, dann hätte er uns gegenüber besser nicht getönt, dass er Kuhlmann für einen Betrüger hält.«

»Das ist wirklich ein Widerspruch«, gab die Kommissarin zu. Dann sagte sie: »Ich kann es mir nur so erklären, dass wir ihn mit der Todesnachricht überrumpelt haben und er in dem Moment alle Vorsicht vergaß. Außerdem ist gar nicht gesagt, dass es sich um Schwarzgeld handelt. Auch bei einem ›normalen‹ Privatkredit ist er angeschmiert, wenn bei Kuhlmann nichts zu holen ist.«

Roland erwiderte: »Wie auch immer – ich frage mich, wie wir Voss die Tat nachweisen sollen. Angenommen, das Opfer hat wirklich so viele Leute hinters Licht geführt, wie der Verdächtige behauptet – jeder gute Rechtsanwalt würde darauf hinweisen, dass nicht nur sein Mandant Motiv und Gelegenheit für den Mord an Kuhlmann hatte. Es wäre ideal, wenn wir die Tatwaffe fänden.«

»Hast du dir die Wunde genauer angeschaut?«, wollte seine Kollegin wissen. »Sie ist ziemlich klein, ich würde von einem massiven Stahlrohr oder Ähnlichem ausgehen. Aber damit hat der Täter nicht zugeschlagen, was eine größere Verletzung verursacht hätte, sondern zugestoßen. Etwa so.«

Sie unterstrich ihre Worte, indem sie den rechten Zeigefinger streckte und ihn gegen Rolands Schläfe drückte.

»Hatten wir nicht vereinbart, während der Dienststunden Zärtlichkeiten zu vermeiden?«, scherzte er.

»Wenn du das für eine Liebkosung halten würdest, dann wärst du wirklich nicht zu beneiden«, gab Antje trocken zurück. Sie fügte hinzu: »Lass uns die Umgebung des Tatorts absuchen, vielleicht war der Mörder ja leichtsinnig genug, die Tatwaffe dort irgendwo herumliegen zu lassen.«

»Ja, manchmal muss man einfach auf die Dämlichkeit der Verbrecher hoffen«, meinte ihr Kollege. Die Ermittler erreichten wenig später die Grube, die dank des ständigen Seewindes schon wieder teilweise zugeweht war. Nach einem oder zwei Tagen würde der Wechsel von Ebbe und Flut sowie die frische Brise den Strand wieder eingeebnet haben. Antje liebte ihre Heimatinsel aus vielen Gründen, und dies war einer davon: Der Strand veränderte sich ständig, er hatte viele Facetten. Der Sand war mal heiß und feinkörnig, dann wieder feucht und klumpig. Die Flut brachte Treibgut und Seegras mit, ganz zu schweigen von den zahlreichen kleinen Lebewesen, die man hier antreffen konnte. Antje konnte schon verstehen, warum gestresste Großstädter sich nach einem Urlaub auf dem »Töwerland« sehnten. Die Inselpolizisten schauten sich in einem weiten Radius vom Tatort aus gesehen um, ohne etwas Passendes zu finden. Die Suche kam der Kommissarin schon nach einer Stunde vor wie die Fahndung nach der sprichwörtlichen Nadel im Heuhaufen. Sie entdeckte einige längliche Gegenstände, die angespült worden waren. Doch ob diese sich für einen massiven Schlag eigneten? Sie hatte ihre Zweifel, packte die Fundstücke aber vorsichtshalber ein. Vielleicht konnten die Spezialisten in Oldenburg ja einen Vergleich vornehmen. Auch Roland schien allmählich vom Mut verlassen zu werden: »Das bringt nichts, Antje.

Das Mordinstrument kann überall und nirgends sein. Ist dir übrigens aufgefallen, dass Voss ziemlich stark ist? Seinen Bizeps kann man nicht übersehen. Ich glaube, dass der Angriff mit großer Wucht geführt worden sein muss, die Schädelknochen gehören zu den stärksten im menschlichen Körper. Immerhin müssen sie das Gehirn schützen.«

Das war ein wichtiger Hinweis, wie Antje fand. Ob sich noch andere Verdächtige finden würden, die ebenfalls über große Körperkraft verfügten? Sie schaute zum Strand hinüber: »Voss ist abgehauen. Nach unserer Befragung fehlte ihm wohl die innere Ruhe zum Angeln. Ich möchte mit Viola Kuhlmann über ihn reden. Voss hat ja eine sehr schlechte Meinung über sie. Ob es sich umgekehrt genauso verhält? Für meinen Geschmack hat der Herr ein wenig zu stark betont, wie sehr er die Ehefrau des Mordopfers verachtet. Ich würde mich nicht darüber wundern, wenn er stattdessen heimlich in sie verliebt ist. Du hast ja selbst gesagt, wie sehr Viola dir gefällt ...«

»Das habe ich so *nicht* von mir gegeben!«, betonte Roland. »Und ich habe schon eine Freundin, falls es dir noch nicht aufgefallen ist, Liebste!«

Er trat auf Antje zu und drückte nun seinerseits seinen Zeigefinger gegen ihre Schläfe.

»Diese Liebkosung scheint deinen Geschmack getroffen zu haben«, sagte sie augenzwinkernd.

»Wenn du meinst ... wie wäre es mit einer kurzen Mittagspause, bevor wir die Witwe noch einmal aufsuchen?«

Die Kommissarin war einverstanden. Es konnte lange dauern, bis sie wieder Gelegenheit zum Essen bekommen würden. Die Ermittler fuhren zu *Frankies Grill* in der Strandstraße, wo sie sich meistens stärkten. Roland bestellte die Pommes frites Spezial mit Röstzwiebeln und einer holländischen Fleischkrokette, Antje entschied sich für eine

Bratwurst mit Kartoffelsalat. Dazu tranken sie Cola. Während sie es sich an einem der Stehtische schmecken ließen, meinte der Kommissar: »Mir geht Leon nicht aus dem Kopf. Vorhin im Ferienhaus habe ich ihn noch für einen harmlosen Spinner gehalten, der einer Frau hinterher steigt, die nichts von ihm wissen will. Aber das passt nicht zu seinem merkwürdigen Besuch im *Hotel Bismarck*. Wir müssen uns das Bürschchen noch mal zur Brust nehmen. Ich fürchte nur, dass er uns Müll erzählt.«

»Wir wissen bisher sehr wenig über ihn«, erinnerte seine Kollegin. »Oder hast du den Namen schon durch die Datenbanken laufen lassen?«

»Nein, aber das lässt sich ja nachholen.«

Nachdem die Inselpolizisten aufgegessen und gezahlt hatten, machten sie sich auf den Weg zum Herrenpfad. In *Frankies Grill* war es zuletzt ziemlich voll geworden, sie konnten nicht mehr über den Fall reden, ohne dass Unbefugte vielleicht ein paar Worte aufschnappten. Und das wollten sie nicht riskieren. Es war ohnehin nur eine Frage der Zeit, bis die Nachricht von einem Mord sich auf Juist verbreiten haben würde. Auf der Insel machten Neuigkeiten schnell die Runde, das war schon immer so gewesen. Diesmal dauerte es etwas länger, bis die Witwe ihnen öffnete. Viola Kuhlmann wirkte etwas tranig, ihre Augenlider hingen auf halbmast: »Entschuldigen Sie, ich bin noch nicht ganz wach. Ich hatte eine Schlaftablette genommen und mich hingelegt.«

»Wir wollen Sie nicht lange stören«, versicherte die Kommissarin. Sie und Roland folgten der Witwe in die Küche, wo sie gähnend die Kaffeemaschine anstellte. Antje fuhr fort: »Es geht noch einmal um Heiner Voss. Können Sie uns etwas mehr über ihn erzählen?«

Viola Kuhlmann antwortete zögernd und stockend: »Ich habe ihn nur einmal gesehen, bei einer

Wohltätigkeitsveranstaltung der Industrie- und Handelskammer, zu der mein Mann mich mitgeschleift hat. Ich finde solche Termine ehrlich gesagt sterbenslangweilig. Freddy musste mich ködern, indem er mir ein neues schickes Designerkleid gekauft hat. Dadurch hat er mir sogar diesen öden Abend versüßt … ach, er fehlt mir schon jetzt so sehr.«

»Also haben Sie keinen engeren Kontakt zu Voss gehabt?«, vergewisserte Antje sich. Die Witwe schüttelte den Kopf: »Nein, dafür gab es keinen Anlass. Wie gesagt, er ist – war – ein Anglerfreund meines Mannes. Und für dieses Hobby konnte ich mich nie begeistern. Mir dreht sich schon der Magen um, wenn ich einen Wurm sehe. Und wenn ich mir dann noch vorstelle, ich müsste ihn an einem Haken befestigen – das wäre wirklich nichts für mich!«

Sie schauderte, und ihr Widerwillen kam der Kommissarin durchaus glaubhaft vor. Aber ob man der Witwe in jeder Hinsicht trauen konnte, stand auf einem anderen Blatt.

»Wir haben gehört, dass die Baufirma Ihres Mannes in Geldschwierigkeiten steckte«, begann Roland, aber Viola Kuhlmann fiel ihm ins Wort: »Solche böswilligen Gerüchte dürfen Sie nicht glauben! Wir hätten uns wohl kaum einen Urlaub auf dieser wunderbaren Insel leisten können, wenn uns finanziell das Wasser bis zum Hals stehen würde!«

Oder dein Mann hat mit ergaunertem Geld bezahlt, sagte Antje in Gedanken zu der Witwe. Sie versuchte, sich ihre Überlegungen nicht anmerken zu lassen. Für die Kommissarin stand inzwischen fest, dass sie für die weiteren Ermittlungen dringend objektive Informationen von neutraler Stelle benötigte. Weder Viola Kuhlmann noch Heiner Voss kamen ihr besonders vertrauenswürdig vor – von Leon Mayerbrink ganz zu schweigen. Antje sprach nun einen anderen Punkt an: »Sie erwähnten bei unserem ersten Treffen, dass Ihr Mann einige Telefonate führen wollte, während Sie sich bereits zur Nachtruhe begaben. Wir möchten herausfinden, mit wem er Kontakt aufgenommen hatte.«

»Das verstehe ich. Zum Glück kann ich das Gerät entsperren, weil Freddy mir seine PIN verraten hat. – Ich hole sein Smartphone.«

Die Witwe stand auf und schlurfte aus der Küche. Sie wirkte immer noch verlangsamt, was durch die Schlaftablette erklärt werden konnte. Oder hatte Viola Kuhlmann vielleicht etwas anderes eingeworfen, eine illegale Substanz? Aber für einen Drogentest gab es momentan keine Handhabe. Sie kehrte wenig später mit dem Telefon zurück, das sie bereits aktiviert hatte. Antje nahm das Handy entgegen und holte sich die Anrufliste auf das Display. Die letzten Gespräche waren tatsächlich am Vorabend zwischen 19 Uhr und 19 Uhr dreißig geführt worden, mit insgesamt drei Teilnehmern. Die Kommissarin notierte die Nummern, wobei ihr eine davon bekannt vorkam. Dies konnte sie später überprüfen.

»Das Telefon müssen wir mitnehmen, es könnte Hinweise auf den Mörder enthalten«, erklärte Roland. Die Witwe nickte nur; es schien ihr nichts auszumachen, dass das Gerät ausgewertet werden sollte.

»Und Ihr Ehemann hat vorher nicht erwähnt, mit wem er telefonieren wollte?«, fragte Antje scheinbar beiläufig. Viola Kuhlmann schüttelte den Kopf und gähnte verhalten.

»Sie können sich jetzt wieder hinlegen«, sagte die Inselpolizistin. »Konnten Sie eine Freundin erreichen, die Ihnen beisteht?«

»Ja, ich habe mit Elke Greve gesprochen, wir kennen uns seit der Schulzeit. Sie schafft es heute nicht mehr, nach Juist zu kommen, will aber morgen mit der ersten Fähre eintreffen.«

»Gut, dann ruhen Sie sich jetzt aus. Wir werden gewiss noch öfter auf Sie zukommen müssen.«

Mit diesen Worten verabschiedete sich die Kommissarin von der Witwe. Roland beschränkte sich darauf, Viola Kuhlmann einfach zuzunicken. Nachdem die Ermittler das Ferienhaus verlassen hatten und außer Hörweite waren, sagte er: »Diesen Gesichtsausdruck kenne ich. Was für eine geniale Idee spukt dir gerade durch den Kopf?«

»Du musst dich nicht bei mir einschleimen«, meinte sie lächelnd, freute sich aber insgeheim über das Kompliment. Antje fuhr fort: »Ich glaube, dass eine der Mobilnummern, die Kuhlmann gestern angerufen hat, Voss gehört.«

Die Kommissare fuhren zur Wache, wo Antje zunächst einen Tee aufsetzte und dann die beiden Zahlenfolgen verglich: »Bingo! Der Gläubiger hat uns also angelogen, als er behauptete, schon länger nicht mehr mit seinem Schuldner geredet zu haben.«

Roland war gerade dabei, seinen Computer hochzufahren: »Ich schaue nach, ob Leon Mayerbrink schon mal polizeilich in Erscheinung getreten ist. – Du gehst also davon aus, dass Kuhlmann und Voss sich miteinander verabredet haben und es wegen der ausstehenden 100.000 Euro zum Streit gekommen ist, der für das Opfer tödlich ausging?«

»Das ist ein mögliches Szenario, Roland. Ich möchte aber noch eine andere Variante überprüfen. Ist dir aufgefallen, dass Voss einen Ehering trägt?«

Der Kommissar nickte: »Du willst seine Gattin anrufen, um ihr auf den Zahn zu fühlen?«

»Es kann nichts schaden, noch einen anderen Blickwinkel zu berücksichtigen. Außerdem haben Frauen meist ein untrügliches Gespür für Ehebruch, wenn sie nicht gerade blind vor Liebe sind.«

»Was für ein Glück, dass du bei mir keine Befürchtungen haben musst«, meinte Roland lächelnd. Er bediente sich an der Teekanne und tippte auf seiner Tastatur: »Leon hält sich selbst ja für ›unschuldig wie frisch gefallenen Schnee‹, wenn ich seine Worte richtig erinnere. Es kann natürlich auch sein, dass er einfach noch nicht erwischt wurde, weil er zu clever ist.«

»Den letzten Halbsatz würde ich stark anzweifeln«, erwiderte Antje, »meiner Meinung nach ist Leon wahrhaftig nicht die hellste Kerze auf der Torte.«

»Na gut, vielleicht hat er einfach Glück gehabt oder sich tatsächlich nichts zuschulden kommen lassen. Es bleibt die Frage, aus welchem Grund er Voss in seinem Hotel aufgesucht hat. – Konntest du Voss' Gattin ausfindig machen?«

»Das wird sich zeigen«, sagte die Kommissarin. Sie wollte den Unternehmer nicht nach seinem Festnetzanschluss fragen, denn er sollte nicht mitbekommen, dass sie seine Ehefrau kontaktierte. Im Online-Telefonbuch hatte sie eine Hannoveraner Nummer gefunden, die für A. + H. Voss registriert war. Anne, Annette, Angelika? Antje griff zum Telefonhörer und rief dort an. Das Freizeichen ertönte mehrfach, dann meldete sich eine junge weibliche Stimme.

»Bei Voss.«

»Moin, ich bin Kommissarin Fedder von der Polizei Juist. Könnte ich bitte mit Frau Voss sprechen?«

»Polizei? Ist Herrn Voss etwas … wie sagt man … gestoßen?«

Die Frau klang besorgt, und Antje glaubte, einen osteuropäischen Akzent heraushören zu können.

»Herrn Voss geht es gut«, versicherte die Ermittlerin, »und Sie meinen wahrscheinlich das Wort ›zugestoßen‹. Nein, ihm ist nichts passiert. Ich möchte einfach mit seiner Ehefrau sprechen. Wer sind Sie, wenn ich fragen darf?«

»Ich bin die Haushälterin, ich heiße Bogumila Molinski. –
Sie können Frau Voss hier nicht erreichen.«

»Warum nicht?«, hakte Antje nach.

»Sie ist ausgezogen und will sich scheiden lassen.«

Kapitel 6

Jetzt wird es richtig interessant, dachte die Ermittlerin. Sie fragte: »Hat Frau Voss Ihnen eine Nummer für Notfälle hinterlassen, falls Sie Kontakt mit ihr aufnehmen müssen?«

»Ja, die kann ich Ihnen geben.«

Bogumila Molinski diktierte eine Zahlenfolge. Antje bedankte sich: »Falls Sie heute oder morgen noch mit Ihrem Chef sprechen – Herr Voss muss nicht erfahren, dass die Polizei sich bei Ihnen gemeldet hat.«

»Bin ich in Schwierigkeiten?«, fragte die Haushälterin ängstlich.

»Nein, Sie haben mir sehr viel weitergeholfen«, versicherte die Kommissarin und legte den Hörer auf. Roland schaute sie erwartungsvoll an. Da sie den Lautsprecher nicht eingeschaltet hatte, berichtete sie ihm kurz vom Inhalt des Gesprächs.

»Was für ein scheinheiliger Heringsbändiger!«, stieß der Inselpolizist empört hervor. »Erst lügt er uns frech ins Gesicht und dann verschweigt er auch noch seine Eheprobleme … gut, theoretisch geht uns das nichts an, aber ich verspeise meine Dienstmütze, wenn der Grund für die zukünftige Scheidung im Hause Voss nicht Viola Kuhlmann heißt!«

»Halte dich mit solchen Ankündigungen besser zurück – wie willst du der zentralen Materialbeschaffung erklären, was mit deinem Uniformteil geschehen ist? Scherz beiseite – ich stimme dir grundsätzlich zu, was eine mögliche Affäre zwischen Voss und der frischgebackenen Witwe angeht. Was wohl Frau Voss zu dem Thema sagt? Ich lasse dich gleich mithören.«

Sie schaltete den Lautsprecher ein, bevor sie die Mobilnummer anrief. Es dauerte nicht lange, bis sich eine

Frau meldete. Von der Stimme her schätzte Antje sie zwischen fünfzig und sechzig Jahre.

»Annette Voss, mit wem spreche ich?«

»Moin, ich bin Kommissarin Fedder von der Polizei Juist. Mein Kollege Kommissar Witte ist ebenfalls anwesend. – Ihre Haushälterin hat mir Ihre Nummer gegeben.«

»Ich verstehe. Hat es einen Angelunfall gegeben?«

Die Ehefrau sprach deutlich, aber distanziert – als ob sie Nachrichten vorlesen würde. Falls sie sich um ihren Noch-Ehemann sorgte, ließ sie sich dies jedenfalls nicht anmerken.

»Ihrem Gatten ist nichts passiert«, versicherte die Inselpolizistin. »Also ist Ihnen bekannt, dass er sich zurzeit auf unserer Insel befindet? Ich frage, weil Sie offenbar in Scheidung leben.«

»Genauer gesagt muss ich erst einmal das Trennungsjahr hinter mich bringen, bevor ich diesen Lumpen endgültig auf den Mond schießen kann. – Dass Heiner sich auf Juist befindet, überrascht mich nicht. Ich weiß ja, wie sehr er vom Brandungsangeln begeistert ist. Und das kann man auf Ihrer Insel anscheinend sehr gut machen. Mir ist noch nicht ganz klar, aus welchem Grund Sie mit mir Kontakt aufgenommen haben, Frau Fedder.«

Annette Voss behielt ihren neutral wirkenden Tonfall bei, als sie diese Sätze aussprach. Die Kommissarin erwiderte: »Es hat auf Juist einen Mord gegeben, das Opfer heißt Frederic Kuhlmann. Kannten Sie ihn?«

Plötzlich lachte Annette Voss, ohne dabei amüsiert zu klingen: »Entschuldigen Sie, ich will nicht pietätlos klingen – aber Kuhlmanns angetraute Sexbombe ist der Grund dafür, dass ich nach zweiundzwanzig Jahren Ehe mein Leben ganz neu ordnen muss. Sie scheinen, der Stimme nach zu urteilen, noch jung zu sein: Ich werde im nächsten März einundsechzig, da ist es nicht mehr so ganz einfach, sich umzuorientieren.«

»Es tut mir leid, mit Ihnen darüber sprechen zu müssen – aber uns geht es darum, einen Mord aufzuklären. Also hat Ihr Gatte Sie mit Viola Kuhlmann betrogen?«

»Ja, Frau Fedder. Ich habe die beiden sogar höchstpersönlich im Bett erwischt. Heiner hat mir geschworen, es wäre ein einmaliger Ausrutscher gewesen, wie er sich ausdrückte. Aber unsere Haushälterin hat mir gebeichtet, dass sie dieses Flittchen schon seit Wochen hereinlassen musste, wenn ich bei meinem Doppelkopfabend war. Ich kann es nicht ausstehen, wenn man mich so systematisch hintergeht. Heiner hat unsere Ehe zerstört, für mich kommt nur noch die Scheidung infrage.«

»Wusste Kuhlmann von dem Verhältnis zwischen Ihrem Ehemann und seiner Frau?«, fragte die Kommissarin.

»Darüber ist mir nichts bekannt«, lautete die Antwort. »Ich habe keinesfalls mit Freddy Kuhlmann darüber gesprochen, falls Sie das vermuten. Ich verachtete den Kerl, er war ein Blender und Schaumschläger, ein Emporkömmling. *Meine* Familie ist aus einem anderen Holz geschnitzt. Denn ohne meine üppige Mitgift hätte Heiner seine Schnellreinigungen niemals aufbauen können.«

»Wir haben bei Kuhlmanns Leiche eine Schuldanerkenntnis über 100.000 Euro gefunden«, berichtete Antje, »diese Summe hat Ihr Ehemann ihm offenbar geliehen. Haben Sie eine Idee, welchem Zweck das Geld dienen sollte?«

Annette Voss antwortete nicht sofort. Es schien ihr die Sprache verschlagen zu haben, aber dann fiel ihre Erwiderung ziemlich schrill aus: »Wie bitte?! Ich wusste nichts von dieser fragwürdigen Transaktion, das können Sie mir glauben. Es ist schon schlimm genug, dass mein Göttergatte auf dieses Flittchen hereingefallen ist – aber dass er auch noch ihrem Ehemann Geld in den Rachen wirft, das ich wahrscheinlich nie wiedersehen werde, schlägt dem Fass den Boden aus! Ich bin Ihnen sehr dankbar dafür, dass Sie mir die Augen geöffnet haben.«

»Ich verstehe Ihre Aufregung«, machte Antje deutlich, »aber für uns als Polizei ist wichtig, wer Kuhlmann nach dem Leben getrachtet haben könnte. Haben Sie einen Verdacht?«

»Viola war es auf keinen Fall«, behauptete Annette Voss. »Dieses Biest hat ihren Ehemann ausgequetscht wie eine Zitrone. Warum hätte sie diesen Trottel töten sollen, der ihr permanent teure Geschenke gemacht hat? Na ja, vielleicht wollte er sie ja loswerden und sie ist ihm zuvorgekommen. Aber ich glaube nicht, dass sie eine lebenslange Freiheitsstrafe riskieren würde. Wozu auch? Sie hat sich doch jetzt Heiner geangelt, mit dem sie genauso umspringen kann wie mit ihrem bisherigen Ehemann. Und wenn es bei meinem Ex nichts mehr zu holen gibt, dann wird sie sich den nächsten greifen.«

»Und was ist mit den 100.000 Euro?«, hakte Antje nach. »Aus welchem Grund könnte Kuhlmann sich das Geld von Ihrem Mann geborgt haben?«

»Wenn ich das wüsste, würde ich es Ihnen sagen«, versicherte Annette Voss. »Ich muss in Ruhe darüber nachdenken. Falls ich eine Idee habe, würde ich sie Ihnen mitteilen.«

»Das wäre sehr hilfreich, Sie können mich jederzeit bei der Polizeidienststelle Juist erreichen. Und wir fänden es gut, wenn Sie mit Ihrem Gatten nicht über unser Gespräch reden würden.«

»Keine Sorge, Frau Fedder – ich werde gewiss nichts unternehmen, um Heiner zu helfen. Wenn dieser Trottel einen Mord begangen hat, um sich weiterhin ungestört mit diesem Luder vergnügen zu können, muss er für die Folgen seines Handelns einstehen.«

Nachdem Antje ihre dienstliche Telefonnummer genannt hatte, beendete sie das Telefonat. Roland rieb sich die Hände, sein Gesicht nahm einen triumphierenden Ausdruck an: »Es sieht ganz danach aus, als ob Voss die Tat begangen hätte!«

Die Kommissarin reagierte nicht sofort, sondern goss sich eine weitere Tasse Tee ein. Sie hatte bereits während der Unterredung mit Annette Voss einiges von der starken Assam-Mischung getrunken; sie kam an normalen Tagen problemlos auf zehn bis zwölf Tassen.

»Hast du noch Zweifel?«, hakte ihr Kollege nach, da sie sich weiterhin in Schweigen hüllte.

»Ich finde, dass Voss sich äußerst ungeschickt verhalten hat«, antwortete sie. »Er hält sich in unmittelbarer Nähe des Tatorts auf, nachdem wir die Leiche geborgen haben, und verschweigt außerdem seine Affäre mit der Ehefrau des Opfers. Es scheint, als wollte er auf Biegen und Brechen verdächtig erscheinen. Er muss doch damit rechnen, dass sein Seitensprung nicht unentdeckt bleibt.«

»Da bin ich mir nicht so sicher«, widersprach Roland. »Vergiss nicht, dass du und ich Uniform tragen – und in schlechten TV-Krimis sind nur die oberschlauen Ermittler in Zivil die Helden, während Ordnungshüter wie du und ich höchstens das Absperrband am Tatort spannen dürfen, wenn überhaupt. Anders gesagt: Voss wird uns die Aufdeckung seiner Geheimnisse einfach nicht zutrauen.«

Antje lachte und sagte: »In dem Punkt liegst du wahrscheinlich richtig, aber *Geheimnisse* ist ein gutes Stichwort. – Warum wollte Leon Mayerbrink Voss in dessen Hotel aufsuchen? Und aus welchem Grund hat er diese Absicht vor uns verschwiegen?«

»Ich hab dem Bengel von Anfang an nicht über den Weg getraut. Wir sollten ihn uns später noch einmal zur Brust nehmen. Vielleicht können wir von ihm sogar weitere Informationen bekommen, um Voss als Mordverdächtigen festzunageln. – Aber erst einmal sollten wir die weiteren Teilnehmer überprüfen, mit denen Voss vor seinem Tod Kontakt hatte.«

»Was du nicht sagst«, erwiderte die Kommissarin. Bei der nächsten Nummer auf ihrer Liste handelte es sich um einen Festnetzanschluss. Antje nahm telefonisch Kontakt auf, den Lautsprecher ließ sie eingeschaltet. Nachdem das Freizeichen zweimal ertönte, meldete sich eine freundlich klingende Frauenstimme.

»Sie sind verbunden mit *Haus Sonnenschein*, Sie sprechen mit Schwester Mathilde.«

»Moin, ich bin Kommissarin Fedder von der Polizei Juist. Wir sind in Rahmen einer Untersuchung auf Ihre Nummer gestoßen, die gestern von einer Person namens Frederic Kuhlmann angerufen wurde. Nun interessiert uns, in welcher Beziehung Sie zu ihm standen.«

»Leider darf ich Ihnen nicht ohne Weiteres Auskunft erteilen, Frau Fedder. Wir sind eine Privatklinik, in der Menschen mit Alkoholproblemen behandelt werden. Sie verstehen sicher, dass Diskretion bei uns oberstes Gebot ist.«

Die Inselpolizistin runzelte die Stirn. Hatte Kuhlmann regelmäßig zu viel getrunken? Oder ging es bei dem Anruf um seine Ehefrau? Es war sinnlos, ein Ratespiel zu veranstalten. Stattdessen erklärte sie: »Das verstehe ich natürlich, aber Frederic Kuhlmann lebt nicht mehr. Wir müssen von einem Gewaltverbrechen ausgehen, und die Person, mit der er bei Ihnen Kontakt hatte, könnte ein wichtiger Zeuge sein.«

»Das ist ja schrecklich!«, stieß Schwester Mathilde hervor. Sie machte eine kleine Pause und fuhr dann fort: »Ich denke, dass ich unter diesen Umständen eine Ausnahme machen kann – wenn Sie mir zusichern, dass der Name unserer Klinik aus Ihren Akten herausgehalten wird. Wer sich bei uns aufhält, kann nicht ohne Weiteres das Gelände verlassen, es handelt sich um eine geschlossene Einrichtung.«

»Versprechen kann ich Ihnen gar nichts, aber wenn Sie sich jetzt weigern, dann muss ich mir von der Staatsanwaltschaft einen Beschluss holen – und ob es dann noch die gewünschte Verschwiegenheit gibt, liegt nicht mehr in meiner Macht.«

Darauf erwiderte Schwester Mathilde zunächst nichts. Es waren nur Hintergrundgeräusche zu hören – Vogelgezwitscher und das weiter entfernte Motorengeräusch eines Traktors. Das *Haus Sonnenschein* schien sich in einer ländlichen Umgebung zu befinden. Die Mitarbeiterin gab sich offenbar einen Ruck: »Also gut, ich verbinde Sie mit dem Patienten – vorausgesetzt, er will überhaupt mit Ihnen sprechen. Darauf habe ich keinen Einfluss.«

»Das ist sehr entgegenkommend von Ihnen«, sagte Antje. Und sie drückte sich selbst die Daumen, damit der Kontakt zustande kam. Es knackte in der Leitung, erst einmal, dann erneut. Schließlich meldete sich eine aufgeregte Männerstimme.

»Kuhlmann ist tot?!«

Die Kommissarin nannte ihren Namen und Dienstgrad, dann fügte sie hinzu: »Ja, leider – und ich bin mit der Aufklärung dieses Mordfalls beauftragt. Darf ich zunächst erfahren, wer *Sie* sind?«

»Ach so, das hat die Betschwester in der Telefonzentrale Ihnen nicht mitgeteilt? Tja, Verschwiegenheit ist hier das oberste Gebot. Aber ich will mich nicht beklagen, immerhin habe ich seit fünf Wochen keinen Tropfen mehr durch meine Kehle gejagt. Hätte nie gedacht, dass ich so lange durchhalte. – Also, ich heiße Benjamin Jürgens.«

Violas Ex-Freund und Stalker? Antje konnte sich gerade noch bremsen. Sie sprach diese Worte nicht laut aus, sondern fragte förmlich: »In welcher Beziehung standen Sie zu Frederic Kuhlmann?«

Jürgens lachte. Das Geräusch erinnerte an das Meckern eines Ziegenbocks.

»Beziehung? Na ja, wenn damit gemeint ist, dass Freddy und ich einander kannten, dann trifft das schon zu, Frau Fedder. – Also, dieser Wichtigtuer hat mir die Liebe meines Lebens ausgespannt und sie wie ein schönes Vögelchen in einen goldenen Käfig gesetzt. Daraufhin habe ich aus Verzweiflung mit dem Saufen angefangen.«

»Zu dem Spiel gehören aber zwei Personen«, gab die Kommissarin zu bedenken, »oder wollen Sie behaupten, dass Viola zu der Ehe mit Kuhlmann gezwungen wurde?«

»Sie klingen wie meine Psychotherapeutin«, schnarrte Jürgens, »aber es stimmt leider: Viola hat sich von Freddy umgarnen lassen, wie er es mit allen Menschen tut, ob Frauen oder Männer. Wenn Sie ihn zu Lebzeiten gekannt hätten, würde er Sie auch um den kleinen Finger gewickelt haben.«

Davon war Antje nicht überzeugt, aber es ging ja jetzt nicht um sie.

»Ich kann nachvollziehen, dass Sie nicht gut auf Kuhlmann zu sprechen waren oder sind, Herr Jürgens ...«

»Ja, und deshalb bin ich doppelt und dreifach froh darüber, mich im *Haus Sonnenschein* zu befinden. Das hier ist Alcatraz mit Yogakursen und vegetarischen Spaghetti Bolognese! Aber ich will mich nicht beklagen, denn wenn ich frei herumlaufen würde, wäre ich wahrscheinlich für Sie ein erstklassiger Mordverdächtiger. Aber wenn man hier eincheckt, muss man den Personalausweis, Geld, Kreditkarten und Handy abgeben. Und ich bin im tiefsten Brandenburg, bis zur polnischen Grenze sind es keine zwanzig Kilometer.«

Antje rechnete im Kopf nach: Diese Angaben ließen sich zweifellos überprüfen. Und selbst wenn Jürgens nach dem Telefonat am Vorabend aus der Entzugsklinik abgehauen wäre, war es praktisch unmöglich, von dort aus bis 22 Uhr nach Juist zu gelangen, den Mord zu begehen und unbemerkt wieder ins ländliche Brandenburg rechtzeitig zurückzukehren. Als Täter kam Jürgens also vermutlich nicht in Betracht. Sie stellte nun die entscheidende Frage: »Warum nahm Kuhlmann gestern Kontakt mit Ihnen auf? Es hört sich für mich nicht danach an, dass Sie beide die besten Freunde gewesen wären.«

»Nee, das kann man wirklich nicht behaupten, Frau Fedder. Ich habe diesen Mann gehasst, das sage ich Ihnen ganz offen. Und es tut mir nicht die Bohne leid, dass er jetzt die Radieschen von unten betrachten muss. Umso überraschter war ich, als er sich gestern Abend telefonisch bei mir meldete. Er war nun wirklich der letzte Mensch auf der Welt, von dem ich einen Anruf erwartet hätte. Im ersten Moment vermutete ich, dass er von meinem Aufenthalt in der Entzugsklinik Wind bekommen hätte und sich einfach nur an meiner bescheidenen Situation ergötzen wollte. Ich fragte ihn, woher er von meiner Entgiftungskur wusste. Freddy erwiderte, dass er viele Leute kennen würde – was gewiss auch stimmt. Und bei ein paar alten Bekannten habe ich tatsächlich verlauten lassen, wo ich mich aufhalte. So muss er an die Information gelangt sein. Jedenfalls legte ich auf einen Kontakt mit Freddy keinen Wert. Ich war drauf und dran, ihm ein paar saftige Schimpfwörter an den Kopf zu werfen und aufzulegen. Aber dann entschied ich mich anders.«

»Aus welchem Grund?«

Jürgens antwortete: »Seit ich mich im *Haus Sonnenschein* freiwillig habe einsperren lassen, sehe ich die Dinge klarer. Ich achte mehr auf Feinheiten, die mir früher im Suff völlig entgangen sind. Und darum kam mir Kuhlmanns Stimme irgendwie … ernsthaft vor. Anders kann ich es nicht nennen. Wenn er sich über mich hätte lustig machen wollen, wäre da ein anderer Unterton von ihm zu hören gewesen. Daran habe ich keinen Zweifel. Und das, was er dann sagte, machte mich im ersten Moment sprachlos.«

»Wie meinen Sie das?«, hakte die Kommissarin nach.

»Freddy behauptete, dass er mir einen baldigen Abschluss meiner Alkoholtherapie wünschte – ich würde nämlich gebraucht. Ihm muss klar gewesen sein, was ich von ihm halte. Deshalb fügte er schnell hinzu: ›Ab morgen hast du wieder freie Bahn bei Viola. Ich wette, dass du immer noch auf sie stehst. Ich werde fort sein und nie wiederkehren‹. Im ersten Moment wusste ich nicht, was ich von dieser Aussage halten sollte. Daher fragte ich ihn, ob er morgen sterben müsse. Freddy lachte und meinte, dass dies nicht seine Absicht sei. Vielmehr habe er vor, ein neues Leben anzufangen. – Das ist bizarr, oder? Damit wird es jetzt bestimmt nichts mehr.«

Antje musste natürlich damit rechnen, dass sie von Jürgens angelogen wurde. Aber was hätte er davon gehabt? Sie führte sich vor Augen, dass Kuhlmann bis über beide Ohren verschuldet gewesen sein musste. Ob dies wirklich stimmte, musste noch recherchiert werden. Aber falls es zutraf, war er in einer miserablen Situation – nicht nur, weil er sich unter dubiosen Umständen 100.000 Euro geliehen hatte. Und zwar ausgerechnet von einem Mann, der mit Viola im Bett gewesen war. Wenn Kuhlmann nun wirklich beschlossen hatte, alles hinter sich zu lassen und irgendwo unter südlicher Sonne und falschem Namen einen Neuanfang zu wagen? Er wäre nicht der Erste gewesen, der ein solches Vorhaben in die Tat umsetzte.

»Also ging Kuhlmann davon aus, ab dem heutigen Tag nicht mehr erreichbar zu sein?«, vergewisserte sich die Inselpolizistin.

»Ja, genau. Obwohl ich nicht mehr glaubte, dass Freddy mich zum Narren halten wollte, blieb ich misstrauisch. Ich wollte wissen, warum er sich bei mir meldete. Der Kerl erwiderte wörtlich: ›Weil ich weiß, dass du Viola wirklich liebst und sie es gut bei dir haben wird‹. Darauf fiel mir keine passende Antwort ein. Er bat mich, nicht über seinen Anruf zu sprechen, und wünschte mir alles Gute. Dann legte er auf.«

War Kuhlmann nicht bewusst gewesen, dass man sehen konnte, wen er vor seinem Verschwinden telefonisch kontaktiert hatte? Aber vielleicht wollte er nach seinem Weggang noch ins Ferienhaus zurückkehren, um sein Smartphone mitzunehmen oder es zu vernichten. Ganz gewiss hatte er nicht geplant, umgebracht zu werden.

»Also können Sie mir nicht sagen, wohin und auf welche Weise Kuhlmann abhauen wollte?«

»Nein, Frau Fedder. Wenn ich es könnte, würde ich es tun. – Befindet sich Viola auch auf Juist? Könnten Sie ihr ausrichten, dass sie mich mal anruft? Wir Patienten dürfen hier zwar Telefonate entgegennehmen, aber nicht von uns aus nach draußen kommunizieren. So sind die Regeln.«

»Ich werde sehen, was sich machen lässt«, erwiderte Antje schmunzelnd. »Und bleiben Sie bei Ihrer Therapie am Ball, Sie scheinen auf einem guten Weg zu sein.«

Sie legte den Hörer auf und schaute in Rolands verblüfftes Gesicht. Er saß direkt ihr gegenüber an seinem Schreibtisch und murmelte: »Damit hätte ich nun wirklich nicht gerechnet! Da soll noch mal jemand behaupten, die Romantik sei ausgestorben.«

»Du glaubst also, dass Jürgens die Wahrheit gesagt hat?«

»Bist du anderer Meinung, Antje? Ich wüsste nicht, warum Jürgens mit dir eine Märchenstunde hätte abhalten sollen.«

»Ja, als direkten Täter können wir ihn ausschließen. Aber woher wissen wir, dass er nicht der Komplize des wahren Mörders ist? Vielleicht hat Kuhlmann ihn schon öfter angerufen – und zwar nicht mit so edlen Absichten. Wenn die Informationen über das Opfer auch nur halbwegs der Wahrheit entsprechen, halte ich es für wahrscheinlicher, dass Kuhlmann sich der Schadenfreude hingibt, weil Violas Ex in einer Entzugsklinik ist.«

»Ja, zu seinem Charakter würde die Variante wohl besser passen«, meinte Roland, »vielleicht bringt die dritte Telefonnummer mehr Licht ins Dunkel.«

»Einen Versuch ist es allemal wert.«

Mit diesen Worten tippte die Kommissarin die letzte Zahlenfolge ins Ziffernfeld ihres Smartphones. Auch bei diesem Gerät schaltete sie den Lautsprecher ein. Es dauerte nicht lange, bis sich eine Männerstimme meldete.

»Melzer.«

»Moin, hier spricht Kommissarin Fedder von der Polizei Juist. – Herr Melzer, Sie wurden gestern von einer Person namens Frederic Kuhlmann angerufen ...«

Er fiel ihr ins Wort: »Polizei? Ich wusste gleich, dass mit diesem Kerl irgendetwas faul ist ... aber keine Sorge, ich wäre sowieso nicht gekommen!«

Kapitel 7

Im Hintergrund war das Kreischen von Möwen, das Glucksen des Wassers und das unverwechselbare Knarren der Bootsfender zu hören, die sich zwischen Schiffsrumpf und Kaimauer rieben. Solche Geräusche waren Antje als echter Insulanerin wohlvertraut.

»Ich möchte Ihren vollständigen Namen erfahren, Herr Melzer. Außerdem interessiert mich, in welcher Beziehung Sie zu Frederic Kuhlmann standen«, forderte sie.

»Selbstverständlich, Frau Fedder«, gab er eifrig zurück, »ich möchte keinesfalls in irgendwelche zwielichtigen Affären hineingezogen werden. – Also, ich heiße Jörn Melzer und biete seit einigen Jahren meinen Kabinenkreuzer *Bella Patrizia* mit Heimathafen Emden als Charter an. Wenn ein Kunde einen entsprechenden Bootsführerschein hat, kann er die Yacht selbst steuern. Sollte er dies nicht können oder wollen, dann stehe ich als Skipper zur Verfügung.«

Dieses Geschäftsmodell war der Kommissarin hinlänglich bekannt. Es gab viele Menschen, die von einem Urlaub auf hoher See träumten, aber vor den laufenden Kosten eines Bootes zurückschreckten. Für solche Kunden mit dem nötigen Kleingeld war ein Yachtcharter eine echte Alternative.

»Habe ich Sie richtig verstanden, dass Kuhlmann Sie engagieren wollte?«, hakte Antje nach. Melzer antwortete: »Ja, und sein Angebot klang durchaus verlockend – etwas zu gut für meinen Geschmack. Er bot mir 2000 Euro mehr als meinen üblichen Satz für eine Wochentour zwischen den ost- und westfriesischen Eilanden. Ich spreche also von dem beliebten *Inselhopping*. Mir kam seine Großzügigkeit allerdings von Anfang an verdächtig vor, denn echte Wohlhabende sind nach meiner Erfahrung ziemlich sparsam. Und mein Misstrauen verstärkte sich, als ich hörte, wo und wie wir uns treffen wollten.«

»Inwiefern?«

Melzer fuhr fort: »Die *Bella Patrizia* sollte nicht den Juister Yachthafen anlaufen, sondern in der vergangenen Nacht gegen 21 Uhr auf offener See in der Nähe von der Aussichtsdüne Hammersee kreuzen. Dieser Punkt ist ja auch vom Wasser aus gut zu erkennen. Kuhlmann wollte mir ein Signal mit seiner Taschenlampe geben, woraufhin ich ihn mit dem Schlauchboot am Strand hätte auflesen sollen. Als ich fragte, warum er auf diese Art an Bord gehen wollte, erwiderte er: ›Ich zahle Ihnen weitere 5000 Euro, damit Sie keine dummen Fragen stellen‹. Da war bei mir der Ofen aus. Ich erwiderte, dass ich ihm nicht vertraue und daher nicht weiter zur Verfügung stehe.«

»Also haben Sie gar nicht vor dem Strand gewartet?«

»Nein, Frau Fedder. Ich bin ein seriöser Geschäftsmann und möchte mit solchen Machenschaften nichts zu tun haben. «

Melzer gab sich große Mühe, vertrauenerweckend zu klingen. Dennoch war Antje davon überzeugt, dass er nicht die ganze Wahrheit sagte: »Laut Kuhlmanns Telefonliste hat das Gespräch zwischen ihm und Ihnen, das am frühen Abend stattfand, exakt acht Minuten und elf Sekunden gedauert. Das ist ein wenig lang für eine knappe Absage, finden Sie nicht?«

Auf diesen Einwand hatte der Skipper eine Antwort: »Ja, Sie haben recht. Allerdings hat der Kunde mit Engelszungen geredet und mich zum Schluss förmlich angefleht, es mir zu überlegen. Aber ich sagte ihm, dass er sich ein anderes Boot für seine Zwecke suchen müsse.«

»Hatte Kuhlmann Ihnen mitgeteilt, welches Eiland Sie zuerst hätten anlaufen sollen?«, wollte die Kommissarin wissen.

»Es war vorgesehen, Borkum an Backbord liegenzulassen und direkt Kurs auf Schiermoonikoog zu nehmen«, behauptete Melzer. Ob diese Aussage zutraf?

»Hat Kuhlmann Ihnen eine Anzahlung geleistet?«

»Nein, Frau Fedder. In meiner Branche kommen viele Kontakte durch Mundpropaganda zustande. Wenn man allzu misstrauisch ist und Vorkasse verlangt, werden die Kunden ungehalten und gehen zur Konkurrenz. Darum verlasse ich mich darauf, dass alle Personen an Bord zufrieden sind. Dann bekomme ich in den allermeisten Fällen problemlos mein Honorar.«

Und ich bin die Kaiserin von China, dachte die Kommissarin. Sie sagte: »Ich danke Ihnen für die Auskunft. Falls es noch weitere Fragen an Sie gibt, dann werde ich Sie nochmals anrufen. – Ah, eine Sache fällt mir noch ein: Mit wie vielen Personen wollte Kuhlmann an Bord gehen?«

»Er hatte die Yacht für sich allein gechartert«, lautete die Antwort. »Was hat sich dieser Mensch denn zuschulden kommen lassen, wenn ich fragen darf?«

»Die Untersuchung läuft noch, aber ich muss Ihnen mitteilen, dass Frederic Kuhlmann nicht mehr lebt. Insofern hätten Sie den Auftrag ohnehin nicht ausführen können.«

Nach diesen Worten legte die Inselpolizistin auf.

»Was denkst du über den wackeren Käpt'n, Roland?«

Ihr Kollege war nicht untätig geblieben, während sie mit dem Yachtvermieter telefoniert hatte. Er sagte: »Ich habe mir erlaubt, mit dem Namen Jörn Melzer eine POLAS-Abfrage zu machen. Also, er ist nicht der Ehrenmann, als den er sich dir gegenüber präsentieren wollte. Melzer ist zweimal vorbestraft, wegen Betrugs und Unterschlagung. Zugegeben, beide Delikte liegen schon einige Jahre zurück, wobei er nur eine Strafe absitzen musste. Die andere wurde zur Bewährung ausgesetzt. Es bleibt aber die Tatsache bestehen, dass er nicht sein ganzes Leben lang ein gesetzestreuer Bürger gewesen ist.«

Antje nickte und ergänzte: »Melzer hat mich zumindest teilweise verschaukelt. Ich vermute, er wollte sich dieses Geschäft nicht entgehen lassen und steuerte die *Bella Patrizia* dorthin, wo er Kuhlmann hätte abholen sollen. Um 21 Uhr ist es übrigens gerade noch hell genug, dass man die Aussichtsdüne von der offenen See aus gut erkennen kann, zumindest mit einem Fernglas. Melzer wirft also einen Treibanker und wartet, aber sein Kunde erscheint nicht. Vielleicht lebt Kuhlmann um diese Uhrzeit schon nicht mehr, den exakten Todeszeitpunkt werden wir ja erst nach der Obduktion erfahren. Natürlich hätte Melzer ihn noch einmal anrufen können, um sich nach seinem Befinden zu erkundigen. Aber mit dem untrüglichen Instinkt, den manche Kriminelle besitzen, erkennt er, dass etwas gewaltig schiefgelaufen ist. Also wirft er den Motor wieder an und sucht auf seinem Kabinenkreuzer das Weite. – Und wenn du mich fragst, dann hat Melzer sehr wohl einen Vorschuss kassiert, höchstwahrscheinlich in bar und ohne Rechnung.«

»Für unseren Mordfall ist Kuhlmanns Kontakt zu dem Skipper jedenfalls höchst interessant«, dachte Roland laut nach, »das Bild rundet sich ab: Kuhlmann wollte abhauen und ein neues Leben beginnen, wobei offenbar auch Viola zurückgelassen werden sollte – daher der Anruf bei Jürgens, den man als eine kleine Geste der Selbstlosigkeit sehen könnte. Dabei müssen wir allerdings immer im Hinterkopf behalten, dass Kuhlmann verbrannte Erde hinterlässt. Er hat offenbar eine ganze Menge Menschen um ihr Geld gebracht. Und Voss kann nicht nur seine 100.000 Euro in den Wind schreiben, er hat auch mithilfe von Viola Kuhlmann seine Ehe zerstört. Es würde mich nicht wundern, wenn Voss Kuhlmanns Flucht verhindert hat, indem er ihn tötete.«

»Kuhlmann wird nicht so dämlich gewesen sein, Voss in seine Pläne einzuweihen«, gab Antje zu bedenken, »denn in dem Moment, wo der Schuldner auf Nimmerwiedersehen verschwunden ist, konnte der Gläubiger seine Außenstände für immer vergessen.«

»Willst du eigentlich etwas wegen Melzer unternehmen?«, fragte der Kommissar. Sie zuckte mit den Schultern und entgegnete: »Ich weiß nicht, welche Straftat wir ihm nachweisen könnten. Es mag zwar etwas außergewöhnlich sein, einen Yachtpassagier per Schlauchboot am Strand abzuholen – aber verboten ist es nicht. Und wenn der Skipper bei der Aussage bleibt, von einem Verbrechen nichts gewusst zu haben, müssten wir ihm das Gegenteil beweisen … nee, wir sollten uns nicht verzetteln, indem wir uns auf Melzer einschießen. Bevor wir Voss noch einmal ins Gebet nehmen, möchte ich Leon Mayerbrink auf den Zahn fühlen. Ich bin mir immer noch nicht darüber im Klaren, welche Rolle dieser Bengel bei dem Fall spielt.«

Die Inselpolizistin rief Mayerbrink an. Er reagierte genervt, als er hörte, wer mit ihm Kontakt aufnahm: »Müssen Sie mich denn dauernd stressen? Ich bin ganz brav von Viola ferngeblieben, und jetzt geben Sie trotzdem keine Ruhe!«

»Verraten Sie einfach, wo wir Sie finden«, gab Antje gelassen zurück, »je eher Sie mit uns reden, desto schneller sind Sie uns wieder los.«

»Wer es glaubt … ich hänge in *Wiebkes Strandbar* ab.«

Die Kommissarin wusste natürlich, von welchem Lokal die Rede war. Die Bar bestand nur aus einem kleinen mobilen Holzverschlag, der sich auf dem Strandabschnitt unweit der Windharfe befand.

»Wir sind in ein paar Minuten bei Ihnen.«

Antje beendete das Telefonat abrupt, um jede Diskussion zu vermeiden. Nachdem sie die Anrufumleitung aktiviert hatte, verließen die Inselpolizisten die Wache. Bei dem anhaltend schönen Wetter der letzten Tage genossen die anwesenden Urlauber ihren Juist-Aufenthalt in vollen Zügen. Die Übernachtungsmöglichkeiten waren vermutlich bis zum letzten Bett ausgebucht. Die Kommissarin fragte sich, wo Mayerbrink unterkommen wollte. Als er aufgrund der Textnachricht spontan auf das Eiland übergesetzt hatte, hoffte er vermutlich, im Ferienhaus bei Viola wohnen zu können. Und daraus war ja nun nichts geworden. Wovon lebte der junge Mann eigentlich? In den meisten Berufen konnte man sich nicht von einen Tag auf den anderen freinehmen, um sich eine Auszeit zu gönnen. Während ihr diese Überlegungen durch den Kopf schwirrten, hatte sie gemeinsam mit Roland bereits per Rad die Strandpromenade erreicht. Sie ließen ihre Drahtesel dort zurück und stapften durch den feinen Sand zu der Bar, die eigentlich nicht mehr als ein Erfrischungsstand war. Wiebke hatte zwei Dutzend Liegestühle für ihre Gäste bereitgestellt, es gab ein großes Sonnensegel für diejenigen, die etwas Schatten suchten. Die meisten Plätze waren belegt, aus den Lautsprecherboxen ertönte fröhlicher Sommerpop. Auch Mayerbrink hatte es sich in einem Liegestuhl bequem gemacht. Neben ihm stand eine fast leere Bierflasche und schon am Telefon war seiner Stimme anzuhören gewesen, dass er bereits einige davon geleert hatte. Freie Sitzgelegenheiten gab es nicht mehr, und da Antje nicht von oben herab mit Mayerbrink reden wollte, ließ sie sich im Schneidersitz auf dem weichen Sandboden nieder. Roland folgte ihrem Beispiel. Sie war sich darüber im Klaren, dass Mayerbrinks Aussagen wegen seines Alkoholpegels nicht unbedingt vor Gericht Bestand haben würden. Notfalls konnte man die Befragung immer noch weiterführen, wenn er wieder nüchtern war.

»Sie sitzen ja auf dem Trockenen!«, spottete Mayerbrink und nahm demonstrativ einen Schluck Bier.

»Wir verdursten schon nicht, keine Sorge«, gab Roland scharf zurück, »und Sie sollten sich jetzt zusammenreißen und überlegen, ob Lügen im Zusammenhang mit einer Mordermittlung wirklich so eine gute Idee sind.«

»Ich soll Sie angeschwindelt haben? Wer behauptet das? Sie haben doch die Textnachricht gesehen!«, regte Mayerbrink sich auf. Antje schüttelte den Kopf und erwiderte: »Darum geht es nicht. Sie haben behauptet, im *Hotel Bismarck* nach einem freien Zimmer gefragt zu haben – und das stimmt definitiv nicht. Stattdessen interessierten Sie sich brennend für Heiner Voss. Aus welchem Grund?«

Der Verdächtige wich ihrem Blick aus. Er verschränkte die Arme vor der Brust und schaute zur Seite. Seine ganze Körperhaltung drückte Abwehr aus. Die Kommissarin legte nach: »Sie müssen natürlich nichts sagen und sich auch nicht selbst belasten. Dass Sie den Mord an Kuhlmann nicht begangen haben, ist uns bewusst. Aber es gibt auch einen Straftatbestand, der sich ›Behinderung der Justiz‹ nennt. Und wenn Ihr Verhalten dazu führt, dass der wahre Mörder nicht zur Verantwortung gezogen wird, könnten Sie sogar wegen Beihilfe belangt werden.«

Sie war nicht sicher, ob eine solche Anklage durch die Staatsanwaltschaft in dem Fall überhaupt Aussicht auf Erfolg haben würde. Eines erreichte sie mit ihren eindringlichen Worten jedenfalls: Mayerbrinks Zunge wurde gelöst.

»Dieser Kerl ist nicht gut für Viola«, nuschelte er. Antje vermutete, dass nicht von Kuhlmann die Rede war. Aber sie musste sich vergewissern: »Von wem sprechen Sie?«

»Von Voss natürlich, diesem verklemmten Spießer! Violas Ehemann wird vielleicht nicht mitgekriegt haben, dass sie sich mit ihm abgab – aber ich schon. Und ich litt wie ein Hund!«

War diese Behauptung glaubhaft? Dass Mayerbrink in die Ehefrau verschossen war, daran konnte es keinen Zweifel geben. Und er lauerte in der Nähe ihres Hauses, sobald ihr Mann morgens zur Arbeit fuhr – das hatte er sogar freiwillig zugegeben.

»Ich muss mich doch vergewissern, dass es dir gutgeht« – mit diesen Worten hatte er seine Aufdringlichkeit gerechtfertigt.

»Also wussten Sie, dass Viola Kuhlmann und Heiner Voss eine Affäre hatten«, sagte sich Roland. Mayerbrink setzte eine düstere Miene auf: »Ich hätte dem Kerl den Hals umdrehen können, aber ich hoffe darauf, dass Viola eines Tages zur Vernunft kommt und selbst erkennt, wer sie wirklich liebt. Umso größer war mein Schock, als ich Voss hier auf der Insel sah!«

»Mit seiner Anwesenheit werden Sie nicht gerechnet haben – oder vermuteten Sie, dass Viola Kuhlmann auch ihm eine Textnachricht geschrieben hat?«

Dieser Spruch kam natürlich von Roland. Antje warf ihm einen gereizten Blick zu. Wenn Mayerbrink nun wegen seiner Spöttelei den Mund hielt, war das Treffen mit dem Verdächtigen für die Katz. Aber zum Glück machte Mayerbrink nicht dicht. Er verzog nur das Gesicht und erwiderte: »Sehr lustig, Herr Witte. Wenn ich mal Zeit habe, lache ich vielleicht sogar. – Also, Viola liebt eigentlich nur mich, sie konnte es sich bisher nicht eingestehen. Darum kann ich auch darüber hinwegsehen, wenn sie sich mit einem anderen einlässt. Wahre Liebe muss verzeihen können, oder? Ich weiß, dass Voss und ihr Mann miteinander zu tun haben. Ich habe mal zufällig aufgeschnappt, dass die beiden Kerle Angeln als Hobby betreiben. Und an Fischen herrscht rund um Juist ja sicher kein Mangel.«

»Weiß Voss eigentlich, wer Sie sind?«, warf Antje ein. Mayerbrink schüttelte den Kopf: »Ich habe mich ihm jedenfalls nie vorgestellt. Mit einem solchen alten Langweiler bin ich ganz bestimmt nicht auf einer Wellenlänge. Jedenfalls konnte es nichts schaden, ihn im Auge zu behalten. Also verfolgte ich ihn und kriegte mit, dass er im *Hotel Bismarck* verschwand.«

»Und dort erkundigten Sie sich nach ihm – aus welchem Grund?«, bohrte Roland nach. Mayerbrink ließ sich mit seiner Antwort Zeit.

»Ich wollte ihm ins Gewissen reden, damit er Viola in Ruhe lässt.«

»Sie haben schon mal besser gelogen!«, behauptete der Kommissar. »Ich glaube eher, dass Sie eine Gelegenheit für schnell verdientes Geld erkannten – wenn Sie Voss damit bedroht hätten, seine Ehefrau über die Affäre mit Viola Kuhlmann zu informieren, dann wären bei ihm gewiss ein paar Euro lockerzumachen gewesen.«

Mit dieser Vermutung hatte Roland den Nagel auf den Kopf getroffen, das spiegelte sein Gesichtsausdruck deutlich wider. Trotzdem leugnete er: »Sie haben eine blühende Fantasie, davon können Sie nichts beweisen.«

Damit kann Leon sogar recht haben, wenn die Erpressung bisher noch nicht erfolgt ist, dachte Antje. Sie fragte: »Was machen Sie eigentlich beruflich?«

»Ich bin Fashion-Influencer.«

Die Kommissarin kannte ihren Freund. Als Roland diesen Satz hörte, drehte er sich zur Seite und räusperte sich. Das tat er immer, wenn er einen Lachanfall unterdrücken wollte. Und ein Polizist, dem in einer Strandbar vor lauter Albernheit die Tränen kommen, wirkte zweifellos nicht sehr professionell. Antje gelang es problemlos, ernst zu bleiben, wenngleich sie Mayerbrinks Worte anzweifelte. In seinen preiswerten Massenware-Klamotten wirkte er nicht wie jemand, der mit Modetipps im Internet seinen Lebensunterhalt bestreiten konnte. Wahrscheinlich war »Influencer« für ihn einfach nur ein Etikett, mit dessen Hilfe er sich vor geregelter Arbeit drücken wollte. Während die Kommissarin noch über seine Aussage nachdachte, kam er nun seinerseits mit einer Frage um die Ecke: »Haben Sie einen Rat, wo ich auf Juist kurzfristig übernachten kann? In der Touristeninformation hieß es, dass aktuell keine Zimmer frei wären.«

»Ich bedaure, es herrscht Hochsaison. – Aber lassen Sie es sich nicht einfallen, Frau Kuhlmann noch einmal zu belästigen. Der Platzverweis gilt nach wie vor«, warnte Antje.

»Und was wäre, wenn sie mich zu sich einladen würde?«, fragte Mayerbrink. Der Kommissar fand seinen Vorstoß so dreist, dass er aus dem Kopfschütteln nicht herauskam: »Versuchen Sie einfach, nicht noch mehr Chaos zu verursachen.«

»Ich bin die Friedfertigkeit in Person«, erwiderte der junge Mann. Die Inselpolizisten verabschiedeten sich von ihm und gingen zu ihren Rädern zurück. Als sie außer Hörweite waren, meinte Roland: »Ich bin mit meinem Latein am Ende. Ist er nun ein harmloser Spinner oder ein angehender Erpresser?«

»Dass Leon gern um Viola herumschleicht, hat sie uns ja bereits mitgeteilt«, erinnerte Antje, »insofern kann es durchaus sein, dass er von der Affäre zwischen ihr und Voss etwas mitbekommen hat. – Übrigens hättest du ihn nicht so durch den Kakao ziehen sollen, Rollo. Einen Moment lang befürchtete ich, dass er alle weiteren Aussagen verweigern würde.«

Für Roland war es stets ein Alarmsignal, wenn seine Freundin ihn mit seinem ungeliebten Spitznamen Rollo anredete. Dies deutete nämlich darauf hin, dass sie sauer auf ihn war. Deshalb versuchte er nun, die Wogen zu glätten: »Ja, da bin ich wohl ein wenig übers Ziel hinausgeschossen. Aber meiner Meinung nach ist Leon bei unseren Ermittlungen sowieso nur eine Nebenfigur. Wollen wir uns nicht lieber auf Voss konzentrieren?«

»Das tun wir als Nächstes«, bestimmte Antje und griff zum Handy. Allerdings hatte sie noch keinen zündenden Einfall, wie sie dem Verdächtigen den Mord an seinem Rivalen nachweisen sollte.

Kapitel 8

Voss saß im *Restaurant Velero* an der Strandpromenade. Auf der Terrasse war man dank des hölzernen Windfangs halbwegs vor der frischen Brise geschützt. Der Verdächtige hatte einen Holztisch in einer ruhigen Ecke ganz für sich. Er trank Weißwein und machte sich über das Zanderfilet in Kartoffelkruste her. Seine Begeisterung über das neuerliche Treffen mit der Polizei schien sich in Grenzen zu halten.

»Ich weiß wirklich nicht, was Sie noch von mir wollen!«

Die Ermittler setzten sich zu ihm an den Tisch. Nachdem Roland für Antje und sich Mineralwasser bestellt hatte, sagte er: »An Ihrer Stelle würde ich den Ball flach halten. Sie haben uns angelogen – Sie hatten unmittelbar vor Kuhlmanns Tod Telefonkontakt mit ihm. Das können Sie unmöglich vergessen haben.«

»Und dass Sie wegen Viola Kuhlmann in Scheidung leben, hielten Sie auch nicht für erwähnenswert«, ergänzte Antje. Voss schnitt eine Grimasse, als ob in seinem Zanderfilet eine Gallenblase versteckt gewesen wäre, auf die er gerade gebissen hatte.

»Ja, verflucht. Ich wusste, welchen Eindruck ich bei Ihnen hinterlassen hätte … aber ich habe Freddy nicht auf dem Gewissen. Warum sollte ich einen Mann töten, der mir noch 100.000 Euro schuldet?!«

»Sie haben selbst gesagt, dass Sie das Geld ohnehin nie wiedersehen würden – da könnte man wütend werden und die Kontrolle verlieren«, meinte der Kommissar. Voss schob seinen Teller weg, das Gesprächsthema schien ihm den Appetit zu verderben.

»Wie soll ich Sie von meiner Unschuld überzeugen? – Ja, Viola ist eine tolle Frau mit einer wahnsinnig intensiven Ausstrahlung. Aber ich hatte ganz gewiss nicht vor, wegen ihr meine Ehe aufs Spiel zu setzen.«

»Wahrscheinlich schon deshalb nicht, weil Ihre Frau das Geld in die Ehe eingebracht hat.«

Antjes Behauptung war ein Schuss ins Blaue, doch sie traf ihr Ziel. Sie erinnerte sich an das Telefonat mit Annette Voss und daran, wie die betrogene Gattin von ihrer großen Mitgift gesprochen hatte. Der Verdächtige warf der Kommissarin einen wütenden Blick zu.

»In Ihren Augen muss ich ein übler Kerl sein«, sagte er, »aber ein Mörder bin ich deshalb noch lange nicht.«

Voss sprach langsam und betonte jedes einzelne Wort. Er schien sich selbst dazu zwingen zu wollen, seinem Zorn keinen freien Lauf zu lassen. Aber warum war er so sauer? Weil die Kommissare ihn durchschaut hatten oder weil sie ihn zu Unrecht verdächtigten?

»Sie hatten Motiv und Gelegenheit«, erinnerte Roland, »und Sie waren zur vermutlichen Tatzeit vor Ort.«

Voss griff zur Weinflasche, füllte sein fast leeres Glas und trank es dann gänzlich aus.

»Ich habe Ihnen momentan nichts zu sagen. Ohne einen Rechtsanwalt rede ich nicht weiter.«

»Wie Sie wünschen«, sagte Antje förmlich, »ich lade Sie hiermit für morgen um 16 Uhr auf die Polizeistation vor. Bis dahin sollten Sie einen Juristen finden, der Sie zu dem Termin begleitet.«

Die Kommissare standen auf und wandten sich von Voss ab. Nachdem Roland das Mineralwasser bei der Bedienung bezahlt hatte und sie hinaus auf die Strandpromenade traten, sagte er: »Ich hätte diesen Scheinheiligen am liebsten sofort festgenommen.«

»Das geht mir genauso, aber Voss hat einen festen Wohnsitz und einen Arbeitsplatz – außerdem ist er nicht vorbestraft. Und ob Flucht- und Verdunkelungsgefahr gegeben ist, darüber lässt sich streiten. Es wäre gut, wenn wir die Tatwaffe fänden, aber die hat er wahrscheinlich schon in die Nordsee geworfen. Worauf ich hoffe, ist ein Kampf, der zwischen Mörder und Opfer stattgefunden hat und bei dem Täter-DNA unter Kuhlmanns Fingernägel gelangt ist. Etwas Besseres fällt mir momentan jedenfalls nicht ein.«

»Für heute haben wir jedenfalls schon einiges erreicht«, meinte Roland lächelnd, »wann kann man schon am ersten Tag einer Mordermittlung einen so überzeugenden Hauptverdächtigen ausmachen? Lass uns jetzt Feierabend machen und zu deinem Vater gehen, morgen ist auch noch ein Tag.«

*

Eine Stunde später saßen Antje und Roland an der Theke in der *Juister Kajüte*. Bei dem schönen Wetter war die Außenterrasse besser besucht als der Gastraum, sodass sie in Ruhe mit Tjark Fedder plaudern konnten. Antje fühlte sich im Strandlokal ihres Vaters immer besonders wohl, es war beinahe wie ein zweites Wohnzimmer für sie. Der Geruch nach frischem, gebratenem Fisch gehörte genauso zur Atmosphäre in der *Juister Kajüte* wie die Rettungsringe, javanischen Stabpuppen, afrikanischen Tanzmasken und andere exotische Gegenstände, die ihr Vater seinen zahlreichen Seereisen verdankte. Antje war nun nicht mehr in Uniform, sondern in ein knielanges geblümtes Sommerkleid gehüllt, außerdem trug sie ihr blondes Haar jetzt offen. Während des Dienstes hatte sie es meist hochgesteckt oder zu einem Dutt geformt. Auch Roland war nicht mehr mit seiner blauen Montur, sondern mit einer schwarzen Jeans und einem roten Polohemd bekleidet. Nachdem die beiden ihr Bier bekommen hatten, prosteten sie einander und Tjark Fedder zu.

»Wo ist denn deine Liebste?«, wollte Roland von Tjark wissen. Er war mit seinem zukünftigen Schwiegervater schon lange per Du. Der alte Seebär schmunzelte, während er Gerstensaft in die Gläser laufen ließ: »Du kennst doch meine quirlige Freundin. Sie muss erst einmal auf der Insel alles im Griff haben, bevor sie sich einen Feierabend gönnt. – Außerdem hat es ja anscheinend wieder einen Mord gegeben, und das macht meine liebe Silke ja stets ziemlich nervös.«

»Was für ein Glück, dass deine Tochter so eine begabte Mörderjägerin ist«, schmeichelte Roland. Antje warf ihm einen langen Seitenblick zu: »Hast du etwas angestellt? Du gehst ja heute ganz besonders großzügig mit Komplimenten um.«

»Ich freue mich einfach nur, dass wir den Fall so schnell lösen konnten«, beteuerte der Kommissar. Er war offenbar völlig überzeugt davon, dass Voss den Mord begangen hatte. Gewiss, es sprach einiges für seine Täterschaft. Aber die Kommissarin war noch nicht vollends davon überzeugt, dass er Kuhlmann erschlagen hatte.

»Wie schön, dass meine Süße sich endlich von ihrem Schreibtisch loseisen konnte«, meinte Tjark Fedder, indem er mit einer Kinnbewegung Richtung Tür deutete. Jetzt erschien nämlich Silke Meester auf der Bildfläche. Die Bürgermeisterin gesellte sich nun zu ihnen. Sie warf Antjes Vater eine Kusshand zu, dann glitt sie auf einen Barhocker und wandte sich an die Inselpolizisten. Die Neugier stand ihr förmlich ins Gesicht geschrieben: »Gibt es etwas Neues bei eurer aktuellen Ermittlung?«

»Nun gönne den beiden doch ihre wohlverdiente Freizeit, Silke«, mahnte Tjark mit einem milden Tadel in der Stimme. Antje wunderte sich von Zeit zu Zeit immer noch, dass aus ihrem bodenständigen ruhigen Vater und der aufgedrehten hektischen Amtsträgerin ein Liebespaar geworden war. Hier schien das alte Klischee zuzutreffen, dass Gegensätze einander anziehen.

»Entschuldige, aber die Sicherheit der Insel liegt mir nun mal am Herzen«, verteidigte sich die Amtsträgerin mit einem leicht gekränkten Unterton in der Stimme.

»Wir haben einen Hauptverdächtigen im Visier. Er weiß, dass wir ihm auf der Spur sind, und wird sich hüten, noch weiteren Ärger zu machen«, versicherte Roland. Aber so gern die Bürgermeisterin ansonsten seinen Beteuerungen glaubte – diesmal schien sie nicht überzeugt zu sein: »Antje sieht nicht so aus, als ob sie ebenfalls deiner Meinung wäre, Roland.«

Die Kommissarin runzelte die Stirn. Konnte man ihr ihre Überlegungen wirklich so leicht vom Gesicht ablesen? Ja, vielleicht. Sie befand sich momentan im Kreis von Menschen, die sie liebte oder zumindest schätzte. Sogar ihr Verhältnis zur Freundin ihres Vaters war inzwischen deutlich besser. Gegenüber einem Verdächtigen oder Täter hatte sie ihr Mienenspiel hoffentlich besser unter Kontrolle.

»Ich halte diesen Mann einfach für ziemlich widersprüchlich«, erklärte sie. »Gleich bei unserer ersten Begegnung beim Brandungsangeln sagte er, dass er nicht versehentlich zum Polizistenmörder werden wollte – würde ein Verbrecher so etwas von sich geben? Dadurch macht er sich doch automatisch verdächtig.«

Tjark Fedder horchte auf. Er war dem Gespräch bisher still gefolgt. Nun stemmte er seine kräftigen tätowierten Unterarme auf den Tresen und beugte sich zu seiner Tochter hinüber.

»Brandungsangeln? Was genau hat der Kerl denn gesagt?«

Die Kommissarin wiederholt sinngemäß, was sie von dem Wortlaut noch im Gedächtnis hatte. Ihr Vater unterbrach das Bierzapfen und erklärte: »Ich kenne ja diesen Verdächtigen nicht, aber da muss ich ihm recht geben. Es ist sehr gefährlich, sich hinter einem Angler aufzuhalten, der ein Wurfblei an seiner Schnur befestigt hat und damit das Werfen in die Brandung übt. So ein Metallgewicht ist zwar klein, erreicht aber eine irre Geschwindigkeit. Wenn man damit jemanden versehentlich am Kopf trifft, kann man ihn töten, solche Fälle hat es schon gegeben. Das war wahrscheinlich damit gemeint, dass er euch nicht unabsichtlich meucheln wollte.«

Tjark Fedders Worte brachten seine Tochter auf eine Idee: Ob Frederic Kuhlmann von Heiner Voss *versehentlich* getötet worden war? Aber warum hatte der Angler in dem Fall nicht den Notruf kontaktiert? Diese Frage konnte sie sich selbst beantworten: Weil ihm bei näherer Betrachtung der Umstände wahrscheinlich niemand geglaubt hätte, dass es ein Unfall war. Roland ahnte, was ihr durch den Kopf ging. Er wandte sich an Tjark: »Wie muss ich mir ein Wurfblei denn vorstellen?«

»Das zeige ich dir, mein Deern. Ich müsste noch ein paar von den Dingern in meiner Kramschublade haben.«

Mit diesen Worten verschwand Antjes Vater im Hinterzimmer. Die Kommissarin wusste, dass er vor Jahren auch eine Zeit lang geangelt hatte, aber sich inzwischen nicht mehr dafür interessierte. Wenig später kam er mit den Gewichten zurück und legte sie auf den Tresen.

»So könnte die Mordwaffe ausgesehen haben, wenn mich mein Augenmaß nicht täuscht«, murmelte sie. Silke Meester wurde noch aufgeregter, als sie es ohnehin schon war: »Könnt ihr den Täter jetzt endgültig überführen?«

»Das wird sich zeigen«, gab Antje vage zurück. Irgendwie passten die Puzzleteile nach wie vor nicht zusammen. Wenn es sich wirklich um einen Unfall handelte – warum war dann die Grube ausgehoben worden? Und aus welchem Grund hatte der Täter sein Opfer nicht verscharrt, sondern es offen dort liegengelassen? Die Kommissarin trank ihr Bier aus.

»Ich will nicht ungesellig sein, aber wir haben einen langen Tag vor uns. – Wir sehen uns dann morgen in alter Frische, Papa und Silke.«

»Und ich verabschiede mich ebenfalls«, kündigte Roland an, »unausgeschlafene Polizisten können keine volle Leistung bringen.«

Die beiden verließen die *Juister Kajüte* und schlenderten Hand in Hand gemächlich in Richtung Carl-Stegmann-Straße. Es war ein idyllischer Sommerabend, die letzten Strahlen der untergehenden Sonne blinkten auf den Schaumkronen der Nordseewellen. Doch weder Antje noch Roland konnten sich durch den romantischen Anblick völlig von ihrem aktuellen Fall lösen.

»Du hattest daran gezweifelt, dass Voss Kuhlmanns Mörder ist«, meinte Roland, »aber dein Vater hat uns eine überzeugende Erklärung für den Todesfall geliefert: Voss holt mit der Angel aus, weiß nicht, dass Kuhlmann ein Stück weit hinter ihm steht – und befördert ihn durch einen unglücklichen Treffer mit dem Wurfblei ins Jenseits.«

»Zugegeben, so könnte es gewesen sein«, erwiderte Antje, »aber du weißt, dass ich nicht an Zufälle glaube. Voss hätte allen Grund gehabt, Kuhlmann zu hassen und ihm den Tod zu wünschen. Was sein Motiv angeht, sind wir uns gewiss einig. Aber würde ein Mörder uns wirklich mit der Nase auf die Tatausführung stoßen? Mir war ehrlich gesagt nicht bekannt, dass man einen Menschen durch einen Treffer mit einem Wurfblei töten kann.«

»Das habe ich auch nicht gewusst«, gab Roland zu, »vielleicht kam Voss sich ganz besonders raffiniert vor – indem er uns auf diese Tötungsart hinwies, versuchte er, den Verdacht von sich selbst abzulenken.«

»Ob das funktioniert hätte? Ich kann diese Überlegung nicht nachvollziehen, Roland. Stellen wir uns die Situation bildlich vor: Voss steht bis zu den Hüften im Meer, holt mit der Angel aus, um die Schnur mitsamt des Gewichts möglichst weit vor sich in die Brandung zu werfen. Sein Blick ist wohlgemerkt Richtung Horizont gerichtet. Plötzlich hört er einen Schrei hinter sich. Kuhlmann wird durch das Bleistück tödlich an der Schläfe getroffen. Er hat sich praktischerweise schon sein eigenes Grab geschaufelt, in das er nun gekippt ist. Und Voss hält es nicht für notwendig, seinen Widersacher zu verscharren, sondern haut einfach kommentarlos ab – obwohl es sicher glaubhaft wäre, von einem Unfall auszugehen. Ganz abgesehen davon, dass er nicht zielen konnte, weil er seinem Opfer den Rücken zugedreht hatte.«

»Ich verstehe auch nicht, warum Kuhlmann ein Loch gegraben hat«, gab Roland zu. Antje erwiderte: »Ich habe dazu schon eine Theorie, allerdings kann ich sie nicht beweisen.«

»Nämlich?«

Die Kommissarin erklärte: »Kuhlmann hat die Grube vermutlich ausgehoben, weil er etwas darin verstecken wollte, bevor er mithilfe von Melzer die Insel und sein bisheriges Leben für immer hinter sich ließ. Aber bevor dies geschehen konnte, wurde er von seinem Mörder aus dem Leben gerissen.«

»Ja, das ist möglich«, erwiderte der Kommissar. »Tatsache ist: Voss hat bei einer Morduntersuchung gelogen, aus was für Gründen auch immer. Selbst wenn er kein Geständnis ablegen sollte, bin ich sicher, dass der Staatsanwalt ihn anklagen kann.«

»Du hast recht, vielleicht denke ich einfach zu kompliziert«, seufzte Antje.

»Wenn das so ist, dann solltest du dich dringend entspannen«, flüsterte Roland und begann damit, an ihrem Ohrläppchen zu knabbern. Ihr lag die Bemerkung auf der Zunge, dass sie vereinbart hatten, in der Öffentlichkeit keine

Zärtlichkeiten auszutauschen. Aber erstens war weit und breit kein anderer Mensch zu sehen, zweitens trugen sie beide Zivilkleidung und drittens fand sie sein offenkundiges Interesse an ihr sowohl angenehm als auch schmeichelhaft. Und als sie wenig später die Polizeiwache erreicht hatten, nahm Antje Roland selbstverständlich in ihre Wohnung mit.

Kapitel 9

Am nächsten Morgen wollten Antje und Roland eigentlich die Unterstützungskraft von der Fähre abholen, aber daraus wurde nichts. Die Inselpolizisten mussten zum *Hotel Kieve* ausrücken, wo ein Gast sich zunächst weigerte, sein Zimmer zu verlassen und dann nicht in der Lage war, die Rechnung zu begleichen. Antje hatte den Mann schon nach wenigen Minuten in die Rubrik »rechthaberische Nervensäge« eingeordnet. Mit dieser Einschätzung lag sie richtig. Nachdem der Urlauber vergeblich versucht hatte, sich als Opfer eines gierigen Hoteliers und von Polizeiwillkür in Szene zu setzen, erteilten sie ihm einen Platzverweis – was ebenfalls überflüssige Diskussionen zur Folge hatte. Endlich verschwand der Unsympath lautstark schimpfend. Der Hotelbesitzer Arndt Kieve bedankte sich herzlich bei den Ordnungshütern: »Auf solche Gäste kann ich verzichten – da nehme ich es auch gern in Kauf, dass er mir eine unterirdische Bewertung in den Online-Portalen verpassen wird.«

»Wer diesen Unsinn ernst nimmt, dem ist sowieso nicht mehr zu helfen«, meinte Roland augenzwinkernd, »es sollte sich inzwischen herumgesprochen haben, dass man solche Bewertungen nach Herzenslust manipulieren kann.«

Nachdem die Inselpolizisten sich von dem Hotelier verabschiedet hatten, eilten sie zum Fähranleger. Aber dort war weit und breit keine uniformierte Kollegin mehr zu sehen. Die ankommenden Urlauber waren bereits entweder von ihren Gastgebern abgeholt worden oder begaben sich auf eigene Faust zu ihren Unterkünften – wobei sie oftmals die Handkarren benutzten, die auf der autofreien Insel Juist »Wippen« genannt wurden.

»Leider habe ich keine Handynummer der Kollegin«, meinte Antje, »ich werde mal in Norden anrufen und mich erkundigen, ob sie die Fähre überhaupt erwischt hat.«

»Gute Idee«, erwiderte Roland und setzte eine Unschuldsmiene auf, »ich könnte auch schon wieder einen Tee vertragen, nachdem ich mich in der vergangenen Nacht so verausgaben musste.«

»Spinner!«, warf Antje ihm lachend an den Kopf – wobei ihr bei der frischen Erinnerung an ihre Zweisamkeit ein wohliger Schauer über den Rücken lief. Sie selbst war allerdings auch durstig, denn es versprach wieder ein warmer Tag zu werden. Außerdem hatte sie sich bei dem Disput mit dem Hotel-Querulanten den Mund fusselig geredet. Doch als sie die Wache erreichten, saß dort eine junge Frau in Polizeiuniform auf der Türschwelle. Sie hatte eine Reisetasche neben sich und stand lächelnd auf, als sie ihre Kollegen erblickte: »Moin, ich bin Polizeimeisterin Saskia Evers. – Ich muss sagen, Juist ist wirklich eine schöne und übersichtliche Insel. Obwohl ich noch nie hier war, konnte ich mich problemlos zur Wache durchfragen. Ich dachte mir, dass ihr früher oder später schon erscheinen würdet.«

Die blonde und sommersprossige Saskia nahm es ihren Kollegen offenbar nicht krumm, dass sie nicht von der Fähre abgeholt worden war. Im Polizeialltag musste man immer mit unerwarteten Situationen rechnen, das schien sie trotz ihres jungen Alters schon verinnerlicht zu haben. Nachdem Antje und Roland sich mit ihr bekanntgemacht hatten, schloss die Kommissarin die Wache auf. Wenig später hatte Antje Tee gekocht und die junge Kollegin über die aktuelle Lage informiert.

»Mein erster Tag auf Juist, und dann müssen wir gleich einen Mordfall lösen?«, vergewisserte Saskia sich aufgeregt. »Wie kann ich helfen?«

»Wir haben einen Hauptverdächtigen, der heute Nachmittag zur Vernehmung vorgeladen ist«, erklärte Antje, »bisher leugnet er allerdings hartnäckig.«

»Ich könnte mich in Zivilklamotten werfen und ihn beschatten«, schlug Saskia eifrig vor. »Mich hat er ja im Gegensatz zu euch noch nicht gesehen. – Ihr habt ihn doch wahrscheinlich schon mal befragt, oder?«

»Ja, und er leugnet hartnäckig«, antwortete Antje. Grundsätzlich hielt sie es für eine gute Idee, Voss im Auge zu behalten. Es war ja wirklich denkbar, dass er einen Fehler beging, sodass die Ermittler beim Verhör mehr gegen ihn in der Hand haben würden. Aber andererseits wusste sie nicht, ob sie Saskia mit einer solchen Aufgabe betrauen konnte. Schließlich kannte sie die Kollegin gar nicht. Und ihrem Aussehen nach zu urteilen, konnte die Polizeimeisterin die Akademie erst vor Kurzem verlassen haben. Es war, als ob Saskia Antjes Gedanken lesen konnte: »Ich bin zwar jung, aber nicht unerfahren. Schon auf der Polizeischule wurde ich als Lockvogel eingesetzt, um ein paar Dealer auffliegen zu lassen.«

Die Kommissarin wollte nicht allein entscheiden. Sie warf Roland einen fragenden Blick zu.

»Ich finde, dass wir Saskia die Aufgabe überlassen sollten«, meinte er. »Sie benötigt noch ein Foto von Voss.«

Antje gab sich einen Ruck: »Gut, dann machen wir das so. – Saskia, du kommst mit nach oben in meine Wohnung, da kannst du dich umziehen. Und Roland sucht währenddessen ein Foto des Verdächtigen im Internet.«

Die Polizistinnen gingen in Antjes Wohnung, wo Saskia ihre blaue Uniform gegen knielange Bermudashorts, Tennisschuhe und ein bauchfreies bedrucktes Top tauschte. Außerdem tat sie ihre Pistole und ihren Dienstausweis in eine geflochtene Umhängetasche.

»Voss wirkt auf den ersten Blick harmlos, aber falls unsre Annahmen zutreffen, dann hat er ein Menschenleben auf dem Gewissen«, warnte die Kommissarin. »Es ist also wichtig, dass du die ganze Zeit über auf Eigensicherung achtest.«

»Das kriege ich hin«, behauptete Saskia, während sie sich vor dem großen Wandspiegel drehte. »Sehe ich nicht wie eine waschechte Juist-Urlauberin aus?«

»Auf jeden Fall wirkst du schon nicht mehr dienstlich, das ist eine Menge wert«, gab Antje augenzwinkernd zurück. Sie fügte hinzu: »In der Zwischenzeit wird unser Kollege ein passendes Foto gefunden haben.«

Und tatsächlich hatte Roland einen Online-Artikel entdeckt, der anlässlich einer großen Spende von Voss für eine Obdachlosen-Organisation verfasst worden war. Auf dem Bild zum Text war der Unternehmer zu sehen, wie er mit einem Füllfederhalter in der Hand an seinem Schreibtisch saß und einen sehr forschen Eindruck machte. Saskia prägte sich das Foto ein: »Der sieht ja wirklich so aus, als ob er kein Wässerchen trüben könnte.«

»Ja, lass dich davon nicht täuschen. – Du gehst jetzt zum Hotel Bismarck, die Adresse bekommst du gleich von mir. Dort nimmst du irgendwo in der Lobby Platz. Ich rufe gleich dort an und gebe Bescheid, dass du eine Polizistin in Zivil bist. Dann musst du dich nur noch an Voss dranhängen, wenn er aufkreuzt beziehungsweise das Gebäude wieder verlässt.«

Nachdem die Kollegin vom Festland die Anschrift bekommen hatte, verließ sie die Wache. Zuvor hatten sie und Antje ihre Mobilnummern ausgetauscht, um ständig miteinander in Kontakt treten zu können.

»Ob es überhaupt etwas bringt, Voss zu beschatten?«, dachte Roland laut nach. Seine Kollegin hob die Schultern: »Es gibt ja einige Punkte, die ungeklärt sind. Beispielsweise nehme ich nicht an, dass Kuhlmann ohne einen Cent in der Tasche untertauchen wollte. Und so, wie ich ihn inzwischen einschätze, wird er sich eher auf Bares als auf Banküberweisungen verlassen – allein schon, weil man mit Scheinen eher anonym bleiben kann.«

»Es sei denn, die Seriennummern wären registriert«, wandte der Kommissar ein, »aber ansonsten gebe ich dir recht. – Jetzt verstehe ich, worauf du hinauswillst, Antje: Du vermutest, dass Voss nach dem Mord seinem Opfer das Geld abgenommen hat, was aus seiner Sicht verständlich wäre. Immerhin stand Kuhlmann bei ihm mit 100.000 Euro in der Kreide. Aber wenn das zutrifft – warum ist er dann nicht längst mit der Summe abgehauen?«

»Darüber kann man nur spekulieren«, erwiderte Antje. »Vielleicht bleibt Voss auf Juist, um bei Viola den Witwentröster zu spielen. Zwischen den beiden läuft ja sowieso etwas, von daher ist dieser Gedanke nicht so abwegig. – Ich habe Saskia erklärt, wie sie zum Hotel kommt. Sie macht einen ziemlich aufgeweckten Eindruck, wir sollten ihr vertrauen.«

»Wo wird sie während ihres Einsatzes auf Juist überhaupt unterkommen? Ich dachte, die Insel ist momentan ausgebucht«, sagte Roland.

»Ja, das stimmt. Ich werde ihr anbieten, auf meinem Sofa in der Dienstwohnung zu übernachten. Zumindest so lange, bis ein Zimmer in einer der Frühstückspensionen frei wird. – Warum machst du denn so ein entsetztes Gesicht?«

»Ich bin ja gewiss nicht prüde, aber ich kann doch nicht bei dir übernachten, solange Saskia in deinem Wohnzimmer an der Matratze horcht. So dick sind die Wände nun wahrhaftig nicht.«

Antje lächelte und sagte: »Ja, damit hast du den Nagel auf den Kopf getroffen. Dann wird uns wohl nichts anderes übrig bleiben, als uns in Enthaltsamkeit zu üben, bis Saskia wieder Richtung Festland verschwindet.«

»Acht Wochen lang?!«, stieß der Kommissar mit heiserer Stimme hervor. »Dann wäre es doch besser, wenn du zu mir in mein Pensionszimmer ...«

Bevor er den Satz beenden konnte, klingelte das Festnetztelefon. Antje brachte ihren Kollegen mit einer Handbewegung zum Schweigen. Dann nahm sie den Hörer ab: »Moin, Sie sprechen mit der Polizei Juist. Mein Name ist Fedder. Wie können wir Ihnen helfen?«

Viola Kuhlmanns Stimme hörte sich panisch an.

»Kommen Sie schnell, Leon ist wieder ins Ferienhaus eingedrungen. Elke hat ihn niedergeschlagen!«

Kapitel 10

Wer ist Elke?

Dieser Gedanke kam der Kommissarin, aber gleich darauf beantwortete sie ihre Frage selbst. Die Witwe hatte ja am Vortag angekündigt, dass eine Freundin von ihr zur Unterstützung auf die Insel kommen wollte.

»Wir kommen gleich zu Ihnen«, kündigte Antje an und beendete das Telefonat. Dann rief sie schnell den Arzt an, der schon am Vortag Kuhlmanns Tod festgestellt hatte. Sie berichtete ihm, dass es einen Verdacht auf Körperverletzung gäbe, und nannte dem Mediziner die Adresse des Ferienhauses. Gleich darauf steuerten die Ermittler dieses Ziel ebenfalls an. Es dauerte nicht lange, bis sie dort eingetroffen waren. Viola Kuhlmann wartete bereits an der offenen Haustür.

»Diesmal hat Leon es übertrieben!«, rief sie, noch bevor die Inselpolizisten von ihren Fahrrädern gestiegen waren. »Als wir hereinkamen, war bereits ein Fenster aufgehebelt, und ...«

»Eins nach dem anderen«, sagte Antje und lief an der Witwe vorbei ins Wohnzimmer. Dort war das Fenster tatsächlich demoliert worden, und Leon Mayerbrink lag leblos am Boden. Neben ihm stand breitbeinig eine Frau in Jeans und Polobluse. Ihr dunkelblonder Schopf war zu einer flotten Kurzhaarfrisur geschnitten. Sie hielt einen metallenen Fleischklopfer in der Hand.

»Moin, lassen Sie bitte das Schlaginstrument fallen?«, rief die Kommissarin. Die Frau schob die Unterlippe vor: »Ich habe nur Viola verteidigt, sie hatte fürchterliche Angst.«

»Jetzt ist die Gefahr ja vorbei. – Fallenlassen, noch einmal sage ich es nicht!«

»Spielen Sie sich doch nicht so auf.«

Die Fremde hatte leise gesprochen, aber Antje hörte die Worte trotzdem. Immerhin ging der Fleischklopfer im nächsten Moment tatsächlich zu Boden. Nun kam Viola Kuhlmann herein und umarmte die Dunkelblonde. Dann wandte sie sich an die Ermittlerin: »Das ist meine Freundin Elke Greve. Sie ist heute mit der ersten Fähre gekommen, um mir beizustehen.«

»Und das ist anscheinend auch dringend nötig!«, fauchte Elke Greve und verschränkte die Arme vor der Brust. Sie fügte hinzu: »Warum lassen Sie diesen Gestörten überhaupt frei herumlaufen? Ist es nicht schlimm genug, dass meine Freundin bereits wegen Freddys Tod völlig durcheinander ist?«

Antje ging nicht auf die Bemerkung ein, denn in diesem Moment klingelte es an der Haustür. Roland öffnete, und der Arzt betrat das Haus. Leon kam offenbar allmählich wieder zu sich, jedenfalls bewegte er sich etwas und gab ein leises Stöhnen von sich. Während der Mediziner sich um seinen Patienten zu kümmern begann, machte Roland eine einladende Handbewegung: »Wir sollten anderswo miteinander sprechen, dann kann der Arzt hier in Ruhe arbeiten.«

»Meinetwegen, ich habe nichts zu verbergen«, gab Violas Freundin schulterzuckend zurück. Die beiden Frauen folgten Antje und Roland in die Küche.

»Erzählen Sie, was passiert ist«, bat die Kommissarin, wobei sie die Witwe anschaute.

»Ich bat meine Freundin Elke, zu mir auf die Insel zu kommen, wie Sie es mir geraten hatten«, begann Viola Kuhlmann, »aber wir müssen uns in dem Menschengewirr beim Fährterminal irgendwie verpasst haben. Ich befürchtete schon, dass sie doch nicht kommen könnte – aber beim Schiffchenteich lief meine Freundin mir dann buchstäblich in die Arme.«

Elke Greve ergänzte: »Ich hatte Viola in der Aufregung missverstanden und war schon Richtung Ortskern marschiert, als die Sache mir merkwürdig vorkam. Na ja, wir haben einander dann ja doch gefunden. Wir gingen gemeinsam zum Ferienhaus, als dort plötzlich ein Geräusch ertönte. Viola war in Panik, sie rief: ›Er hat es auf mich abgesehen!‹ Ich habe gelernt, mich zu verteidigen – und auch diejenigen, die mir wichtig sind. Ich raste in die Küche und suchte etwas, das ich als Waffe benutzen konnte. Da fiel mir dieser Fleischklopfer in die Hände. Ich schlug damit den Eindringling nieder.«

Antje schaute Viola Kuhlmann fragend an, die daraufhin nickte: »Genauso hat es sich abgespielt, Frau Fedder! Es ging alles so schnell, ich konnte gar nicht reagieren. Plötzlich lag Leon bewegungslos auf dem Boden.«

»Hat er Sie beide bedroht?«, wollte Roland wissen. Elke Greve stemmte ihre Fäuste gegen ihre Hüften, sie hörte sich gereizt an: »Was ist das denn für eine unverschämte Frage? Hätten wir warten sollen, bis wir hier in unserem Blut liegen? Dieser Kerl ist gewaltsam in dieses Gebäude gelangt. Ich muss keine Juristin sein, um darin einen Einbruch zu erkennen.«

»Für diese Tat wird der junge Mann sich verantworten müssen«, stellte Antje klar, »ich verstehe nur nicht, warum Sie ihn offenbar ohne Vorwarnung angegriffen haben, wenn von ihm keine unmittelbare Gefahr ausgeht.«

»Haben Sie schon einmal etwas vom Überraschungsmoment gehört?«, ätzte Elke Greve. »Männer sind üblicherweise körperlich stärker als Frauen, das sollten Sie als Polizistin eigentlich wissen. Und ich wusste nicht, ob der Kerl vielleicht ein Messer oder eine Pistole in der Tasche hatte. Es schien mir nicht clever zu sein, mich danach zu erkundigen. Wenn ich schon nicht kräftiger bin als er, dann musste ich diesen Nachteil durch Schnelligkeit wettmachen.

Und das ist mir auch gelungen, denn andernfalls würde ich dort am Boden liegen.«

»Wissen Sie eigentlich, um wen es sich bei dem jungen Mann handelt?«, fragte die Ermittlerin.

»Ja, er heißt Leon – den Nachnamen vergesse ich immer wieder«, lautete Elke Greves Antwort. »Er belästigt meine Freundin schon länger. Ich habe Viola immer wieder bekniet, dass sie eine Strafanzeige gegen ihn stellen soll – aber bisher hat sie ihn immer für harmlos gehalten.«

»Die Polizisten haben ihm gestern schon einen Platzverweis erteilt, aber er lässt mich immer noch nicht in Ruhe«, sagte die Witwe zu ihrer Freundin.

Antje wusste nicht, was sie von der aktuellen Situation halten sollte. Sie hatte Leon Mayerbrink am Vortag als eine Art Lebenskünstler kennengelernt, der offenbar keiner geregelten Arbeit nachging und bis über beide Ohren in Viola verknallt war. Dass er wahrscheinlich vorgehabt hatte, Voss zu erpressen, ließ sich nicht beweisen – und auch den zweifachen Einbruch in das Ferienhaus konnte man nicht einfach wegdiskutieren. Als aggressiv hatte die Kommissarin ihn bisher allerdings nicht erlebt. Trotzdem konnte es durchaus sein, dass Violas Freundin wegen seines Eindringens in das Haus die Nerven verloren hatte. Elke Greve schien zu ahnen, was in Antje vorging. Sie legte demonstrativ einen Arm um die Schultern der Witwe: »Wollen Sie mir einen Strick daraus drehen, dass ich meine Freundin beschützt habe?«

»Wir möchten nur begreifen, was geschehen ist«, stellte Antje klar, wobei sie sich um einen neutralen Tonfall bemühte. Elke Greve gab sich herausfordernd, was sie nicht nur mit Worten, sondern auch in ihrer Körpersprache ausdrückte. Die Kommissarin wollte ihr nicht den Gefallen tun, sich zu einer unbedachten Erwiderung hinreißen zu lassen. Bei Roland war sie nicht so sicher, ob er der Provokation würde widerstehen können.

»Ich kann Ihnen sagen, ,was geschehen ist'«, erwiderte Elke Greve, wobei sie Antjes Stimme nachäffte, »ein Kerl überfällt zwei Frauen, und plötzlich werden die Opfer zu Täterinnen gemacht. Schämen Sie sich eigentlich gar nicht?«

Roland öffnete den Mund – wahrscheinlich, um eine scharfe Erwiderung loszulassen. Das hatte Antje kommen sehen, und deshalb stieß sie ihn gerade noch rechtzeitig diskret mit dem Fuß an. Mit Erfolg: Er machte den Mund wieder zu und atmete tief durch, wie am Heben und Senken seiner breiten Brust zu erkennen war.

»Wenn Sie sich über unsere Arbeit beschweren wollen, dann steht Ihnen das selbstverständlich frei«, stellte Antje sachlich fest. Bevor Elke Greve etwas erwidern konnte, klopfte es an der Küchentür. Der Arzt trat ein und sagte: »Der Patient ist jetzt wieder bei Bewusstsein. Er wirkt zeitlich und räumlich orientiert, obwohl er etwas verwirrt zu sein scheint. Ein Verdacht auf Schädelbasisbruch besteht nicht, es gibt auch keine offene Wunde. Er soll die betroffene Stelle am Kopf kühlen. Falls die Schmerzen nicht besser werden, werde ich ihn noch einmal untersuchen.«

Roland bedankte sich bei dem Mediziner und begleitete ihn zur Tür.

»Wir nehmen Leon Mayerbrink mit zur Wache«, erklärte Antje. »Ich nehme an, dass Sie Strafanzeige stellen wollen?«

Die Frage war an Viola Kuhlmann gerichtet gewesen, aber Elke Greve kam ihr mit der Antwort zuvor: »Selbstverständlich, diese Belästigungen und Bedrohungen müssen endlich aufhören! Es ist schon schlimm genug, dass meine Freundin so unter ihrem Ehemann leiden musste. Sie muss sich jetzt nicht von einem anderen Kerl terrorisieren lassen!«

Die Kommissarin hatte bisher nicht den Eindruck gehabt, dass die Ehe der Kuhlmanns unglücklich gewesen war, aber sie verkniff sich eine Bemerkung.

»Sie können im Lauf des Tages Ihre Strafanzeige stellen. Rufen Sie bitte vorher an, weil die Polizeistation nicht durchgängig besetzt ist.«

»Ist das Ihr Ernst? Hoffentlich halten sich die Verbrecher an Ihre Öffnungszeiten«, höhnte Elke Greve. Viola Kuhlmann fühlte sich offensichtlich gar nicht wohl in ihrer Haut, die aggressive Art ihrer Freundin schien ihr unangenehm zu sein. Sie wich Antjes Blick aus, ihre Wangen waren vor Scham gerötet. Die Inselpolizistin ging ins Wohnzimmer hinüber, wo Leon Mayerbrink auf dem Sofa hockte und seine linke Hand gegen seinen Hinterkopf presste.

»Sie hätten Juist besser rechtzeitig verlassen, jetzt sitzen Sie richtig in der Tinte«, sagte sie zu ihm. »Mein Kollege wird Sie gleich durchsuchen. Wenn Sie vernünftig sind, können wir auf Handschellen verzichten.«

»Niemand versteht, was das Herz eines Liebenden berührt«, jammerte er. Roland fand in Leons Hosentasche ein Mehrzweckmesser, dessen eine Klinge vermutlich zum Aufhebeln des Fensters gedient hatte. Zumindest ließen die Spuren am Rahmen darauf schließen, dass ein Werkzeug verwendet worden war. Weitere Waffen oder gefährliche Gegenstände hatte Mayerbrink nicht bei sich. Er schlurfte aus dem Ferienhaus und begleitete die Kommissare, ohne Schwierigkeiten zu machen. In der Wache durfte er auf Antjes Besucherstuhl Platz nehmen. Sie brachte ihm ein Mineralwasser und ein Kühlpack für seinen Kopf.

»Ich wollte Viola wirklich nichts Böses, das müssen Sie mir glauben«, beteuerte der Verdächtige. »Vielleicht war es nicht die beste Idee, durch das geschlossene Fenster einzusteigen ...«

»Ja, so etwas nennt sich Einbruch«, stellte Roland trocken fest.

»Ich wollte aber nichts klauen, sondern Viola mein Herz zu Füßen legen«, beharrte Mayerbrink bockig.

»Sie haben die Frauen durch Ihre Anwesenheit erschreckt«, sagte Antje. »Elke Greve war heute früh gerade erst mit der Fähre eingetroffen, um ihrer Freundin beizustehen – und dann ist plötzlich ein Fremder in ...«

Leon Mayerbrink fiel ihr ins Wort: »Heute früh? Das glauben Sie doch wohl selbst nicht! Das Biest schleicht mindestens seit gestern auf Juist herum, ich habe sie schon zweimal gesehen!«

Einen Moment lang sagte niemand etwas. Roland warf seiner Kollegin einen Blick zu, der so viel bedeuten konnte wie: *Will der uns verschaukeln?* Dann forderte der Kommissar: »Das müssen Sie uns näher erklären.«

Der Verdächtige zuckte mit den Schultern: »Ich hab ein ganz gutes Personengedächtnis, vor allem bei Frauen. Und diese Furie sieht ja eigentlich ganz gut aus, obwohl mir Viola natürlich viel besser gefällt. – Als ich gestern auf Juist eintraf, kam sie mir auf der Bahnhofstraße entgegen. Und später hab ich sie noch einmal in der Nähe des Ferienhauses gesehen, aber da hat sie mich nicht bemerkt. Übrigens hatte sie gestern andere Klamotten an als heute, also muss sie sich irgendwo umgezogen haben.«

Wollte Leon einfach nur von sich ablenken oder war seine Aussage ernst gemeint? Befand Elke Greve sich wirklich nicht erst seit dem heutigen Tag auf dem »Töwerland«? Aber warum hatte sie behauptet, erst morgens mit der Fähre angereist zu sein?

»Was für Kleidung trug die Frau denn gestern?«, erkundigte Antje sich.

»Einen Jeans-Minirock und ein bauchfreies ärmelloses Top mit einem Totenkopf darauf«, lautete die Antwort.

Kein Wunder, dass sie ihm aufgefallen ist, dachte die Kommissarin – vorausgesetzt, dass seine Angaben stimmten. Aber welchen Vorteil hätte Leon Mayerbrink davon gehabt, dass er eine Lüge über Elke Greve in die Welt setzte? Die Inselpolizistin hielt ihn für einen schrägen Typen, trotzdem musste auch ihm bewusst sein, wie wenig sich durch seine Behauptung an seiner eigenen Lage änderte.

»Haben Sie Frau Greve darauf angesprochen, dass sie schon länger auf der Insel ist?«

»Angesprochen? Nee, Frau Fedder – dazu kam ich ja überhaupt nicht. Diese gemeine Hexe hat sich wie eine Berserkerin auf mich gestürzt. Ich konnte noch nicht mal die Arme heben, um sie abzuwehren – Sie zog mir eins über, und bei mir gingen die Lichter aus. Ich bin hier das Opfer!«

»Wir nehmen Ihre Aussage natürlich zu Protokoll«, erklärte Antje, »Sie hatten also keine Waffe oder einen anderen gefährlichen Gegenstand in Händen, als Sie von Elke Greve ohne Vorwarnung niedergeschlagen wurden?«

»Nee, mein Messer war in meiner Tasche – und ich habe es bestimmt nicht auf die beiden Frauen gerichtet«, beteuerte Leon Mayerbrink. Die Kommissarin hatte bereits ihren PC eingeschaltet und protokollierte seine Worte, während sie sich mit ihm unterhielt. Sie druckte die Seiten aus und ließ sie von dem jungen Mann unterschreiben. Dann sagte sie: »Offenbar hat es nichts genützt, dass wir Ihnen einen Platzverweis nur für das Ferienhaus erteilt haben. Hiermit weite ich die Verordnung auf die ganze Insel aus.«

Roland ergänzte: »Mit anderen Worten: Sie verschwinden mit der nächsten Fähre Richtung Festland, wenn Sie nicht den größten Ärger Ihres Lebens kriegen wollen.«

Leon Mayerbrink hob abwehrend die Handflächen: »Schon gut, ich bin sowieso bedient. Ich habe die Nase voll von Juist!«

Er verließ die Polizeistation und ging auf der Carl-Stegmann-Straße Richtung Hafen. Der Kommissar trat ans Fenster, schaute ihm hinterher: »Und Juist hat die Nase voll von dir.«

»Ich frage mich, warum Elke Greve uns angelogen hat«, dachte Antje laut nach. Ihr Kollege hob die Augenbrauen, seine Frage klang skeptisch: »Du glaubst diesem Clown?«

»Es kann jedenfalls nichts schaden, seine Angaben zu überprüfen. Wenn sie bereits gestern angereist ist, hat sie vielleicht ihre *Töwercard* schon bezahlt.«

Die Ermittler verließen die Polizeistation. Als Antje gerade losfahren wollte, klingelte ihr Handy. Polizeimeisterin Evers war am Apparat.

»Ich wollte dir eine kurze Zwischenmeldung geben«, sagte sie mit halblauter Stimme. »Voss hat spät gefrühstückt und ist jetzt auf dem Weg zum Strand. Er scheint damit zu rechnen, verfolgt zu werden. Jedenfalls schaut er sich immer wieder um.«

Die Kommissarin presste die Lippen aufeinander. Nachdem der Hauptverdächtige am gestrigen Tag von den Inselpolizisten mit ihren Vermutungen konfrontiert worden war, konnte er sich an allen fünf Fingern ausrechnen, dass sie ihn im Visier hatten.

»Glaubst du, dass er dich schon entdeckt hat, Saskia?«

»Ganz gewiss nicht!«, erwiderte die junge Kollegin. »Mein Ex-Freund hat immer behauptet, ich würde überhaupt nicht wie eine Polizistin aussehen. Mag ja sein, dass er damit recht hat. Ich glaube, im Beschatten bin ich ganz gut. Und bisher hält Voss sich in der Öffentlichkeit auf, es sind immer zahlreiche andere Menschen um uns herum. Er wird also kaum dazu in der Lage sein, mich in einen Hinterhalt zu locken.«

Antje hatte ein mulmiges Gefühl in der Magengegend, denn bisher war Voss der einzige Mordverdächtige. Man musste davon ausgehen, dass er auch eine Polizistin attackieren würde. Und als dienstälteste Ordnungshüterin auf Juist fühlte die Kommissarin sich ganz besonders verantwortlich für Saskia.

»Gut, dann achte bitte weiterhin auf Eigensicherung. Wir bleiben miteinander in Kontakt.«

Antje beendete das kurze Gespräch.

»Ist unser Frischling weiterhin am Ball?«, wollte Roland wissen.

»Ja, aber Voss scheint zu ahnen, dass wir ihm gegenüber misstrauisch geworden sind.«

»Gut so – dann macht er vielleicht einen Fehler«, meinte ihr Kollege. Die Kommissarin war nicht sicher, ob sie wirklich darauf spekulieren sollten. Sie verkniff sich einen Kommentar, denn nun hatten die Ermittler das Rathaus erreicht. Dort erkundigten sie sich in der Touristeninformation nach einer Urlauberin namens Elke Greve. Diesmal hatten sie kein Glück, eine Frau mit diesem Namen war dort nicht registriert.

»Mir war gleich klar, dass Leon nur Müll erzählt hat«, meinte Roland, nachdem sie das Gebäude wieder verlassen hatten. Er fügte hinzu: »Wahrscheinlich wollte er der robusten Dame nur eins auswischen, nachdem sie ihm aufs Dach geklopft hat – aus seiner Sicht verständlich, aber unsere Ermittlungen kommen dadurch nicht voran.«

»Nicht so voreilig«, bremste Antje ihn, »dass die Töwercard noch nicht bezahlt ist, beweist überhaupt nichts. Elke Greve muss den Gästebeitrag spätestens bei ihrer Abreise berappen, sonst kommt sie nicht durchs Drehkreuz im Fährterminal.«

»Das weiß ich auch, aber warum sollte diese Frau uns ihren bisherigen Inselaufenthalt verschweigen? Hältst du sie für verdächtig?«

»Auf jeden Fall hat sie sich negativ über den ermordeten Ehemann ihrer Freundin geäußert. Viola soll angeblich unter ihm gelitten haben. So genau haben wir diese Ehe noch nicht durchleuchtet, Roland.«

Der Kommissar zuckte mit den Schultern.

»Auf jeden Fall ist es nicht besonders clever, bei einer Morduntersuchung schlecht über das Opfer zu sprechen und dann auch noch die Ermittlungsbeamten zu provozieren. Aber ich vermute, dass Elke Greve einfach allgemein etwas gegen Polizisten hat.«

»Ja, vielleicht. – Sie könnte übrigens bei einem der Schwarzvermieter untergekommen sein, die ihre Unterkünfte nicht bei der Touristeninformation registrieren lassen.«

Es gab unter den Insulanern einige Schlitzohren, die sonnenhungrigen Urlaubern diskret ein Zimmer zur Verfügung stellten und sich die Miete in bar zahlen ließen – Geld, von dem das Finanzamt vermutlich niemals auch nur einen Cent sah. Antje kannte natürlich die einschlägigen Kandidaten und nahm sich vor, ihnen wegen Elke Greve auf den Zahn zu fühlen. Das Handy der Kommissarin klingelte. Ob Saskia Hilfe benötigte? Antjes Anspannung stieg, als sie das Gespräch annahm und sich mit Namen und Dienstgrad meldete.

»Moin, hier spricht Dr. Zimmerer vom Gerichts-medizinischen Institut Oldenburg. – Frau Fedder, ich wollte Ihnen einige Eckdaten zur Obduktion der männlichen Leiche geben, die uns gestern überstellt wurde. Den schriftlichen Bericht reiche ich natürlich nach.«

»Ich bin ganz Ohr«, versicherte die Kommissarin.

»Der Tod trat zwischen 21 Uhr und ein Uhr früh während der Nacht vom 8. auf den 9. August ein. Die Todesursache war das Ersticken am eigenen Blut, nachdem das Opfer durch massive Gewalteinwirkung auf die Schläfe einen Schädelbasisbruch erlitten hat, was zu Bewusstlosigkeit und dem bald darauf eintretenden Tod führte.«

Diese Erkenntnisse des Spezialisten deckten sich größtenteils mit dem, was der Juister Arzt schon herausgefunden hatte.

»Können Sie mir Genaueres zum Tatwerkzeug sagen?«, fragte Antje.

»Es ist ein einzelner Schlag mit ungeheurer Wucht ausgeführt worden«, lautete die Antwort, »ich vermute, dass dabei mechanische Unterstützung notwendig war.«

Mechanische Unterstützung? Die Kommissarin hakte nach: »Könnte der Tod durch ein Wurfblei verursacht worden sein, wie man es beim Brandungsangeln benutzt?«

Der Gerichtsmediziner zögerte, bevor er antwortete: »Das kommt mir unwahrscheinlich vor, allein schon von der Form der Wundränder her. Wenn ich eine Einschätzung geben müsste, würde ich eher auf ein Bolzenschussgerät tippen, wie es bei Schlachtungen verwendet wird.«

»Ich dachte immer, dass solche Apparate nur der Betäubung dienen und damit keine tödliche Gewalt ausgeübt werden kann, weder gegen Tiere noch gegen Menschen«, gab sie zu bedenken.

»Das ist mir bekannt, Frau Fedder«, erwiderte Dr. Zimmerer. »Aber mit etwas technischem Verständnis kann man auch so ein Gerät umbauen und es zu einer gefährlichen Waffe machen. Eine Schreckschusspistole lässt sich ja beispielsweise durch Aufbohren ebenfalls ›scharfmachen‹, wenn man das so ausdrücken will.«

Sollte die Theorie mit dem Wurfblei also komplett hinfällig sein? War Voss vielleicht gar nicht der Täter? Antje versuchte, mehr herauszufinden: »Konnten Sie an der Leiche Hinweise finden, die uns bei der Mördersuche weiterhelfen würden?«

»Sie denken vermutlich an so etwas wie Fremd-DNA? Da muss ich Sie leider enttäuschen, Frau Fedder. Das Opfer hatte ausschließlich Sand unter den Fingernägeln.«

Ob Kuhlmann die Grube wirklich mit bloßen Händen gegraben hat?, rätselte die Kommissarin. Aber über diese Frage musste sie nicht mit dem Gerichtsmediziner sprechen. Sie bedankte sich bei Dr. Zimmerer für die schnelle Information und beendete das Telefonat. Roland sah verblüfft aus, als sie ihm die Neuigkeiten mitteilte: »Ein Bolzenschussgerät? Soweit ich weiß, gehört es nicht zur Standardausrüstung eines Anglers. Voss wird dadurch jedenfalls nicht entlastet, denn so einen Apparat kann man sich wahrscheinlich einfach im Handel besorgen.«

»Richtig, aber das gilt nicht nur für Voss. Auch Elke Greve hätte mit einem Viehschussgerät nach Juist kommen können«, gab Antje zu bedenken.

»Du hältst sie für verdächtig? Zugegeben, sie hätte nicht verschweigen müssen, dass sie sich schon vor Violas Anruf auf der Insel befunden hat. Und laut ihrer Aussage hätte ihre Freundin unter ihrer Ehe gelitten. Aber es kommt mir so vor, als ob Voss ein viel stärkeres Mordmotiv hätte«, sagte Roland. Bevor seine Kollegin darauf antworten konnte, klingelte wieder ihr Smartphone. Saskia meldete sich, die Polizeimeisterin war außer Atem.

»Ich könnte eure Unterstützung gebrauchen, ich musste den Verdächtigen gerade festnehmen!«

Kapitel 11

Antjes Puls beschleunigte sich.

»Wo bist du, Saskia?«

»Das ist eine gute Frage, ich bin auf Juist ja fremd … auf jeden Fall sind wir in den Dünen, einen Steinwurf weit vom Strand entfernt. Auf dem Weg hierher sind wir an einem großen weißen Hotel vorbeigekommen, wir befinden uns ungefähr zwei Kilometer westlich davon.«

Im Hintergrund hörte man nicht nur die Möwen kreischen, sondern auch Voss' Stimme. Er schimpfte und fluchte.

»Hast du dem Verdächtigen Handschellen angelegt?«, fragte die Kommissarin.

»Sicher, er hatte mich entdeckt und wollte sich der Festnahme entziehen … außerdem habe ich eine sehr interessante Entdeckung gemacht.«

»Gut, dann bleib dort, wo du bist. Roland und ich kommen so schnell wie möglich zu dir.«

Die Inselpolizistin beendete das Telefonat. Mit dem »großen weißen Hotel« war vermutlich das *Strandhotel Kurhaus Juist* gemeint. Es befand sich in Ufernähe und konnte schon bei der Anreise vom Deck der Fähre aus gesehen werden. Antje informierte Roland, während die beiden auf ihren Rädern Richtung Loog flitzten.

»Voss scheint wirklich einen Fehler gemacht zu haben«, meinte der Kommissar, »wahrscheinlich können wir den Fall noch heute abschließen.«

Antje erwiderte nichts. Sie war für den Moment einfach nur erleichtert, weil Saskia den Verdächtigen offenbar hatte überwältigen können. Die Dünenlandschaft erstreckte sich parallel zum Strand. Die Ermittler fuhren auf der Hammerseestraße bis zum Fahrradstellplatz beim Hundestrand West, wo sie ihre Zweiräder zurückließen. Von dort aus ging es noch ein Stück weit zwischen den

Gründünen hindurch, bis sie schließlich die junge Kollegin entdeckten. Saskia winkte ihnen zu. Neben ihr lag Voss flach auf dem Bauch, seine Gelenke waren hinter dem Rücken mit Handschellen gefesselt. Außerdem erblickte Antje ein Köfferchen, das vergraben gewesen sein musste. Darauf deutete der feuchte Sand hin, mit dem die Oberfläche bedeckt war. Außerdem schien jemand am Fuß der Düne gebuddelt zu haben, wenngleich die Grube nicht so tief war wie jene, in der sich Kuhlmanns Leiche befunden hatte.

»Ich habe den Herrn über seine Rechte belehrt«, sagte Saskia, als die Kommissare bei ihr angelangt waren, »es bestand der Verdacht auf Unterschlagung von Beweismitteln. Außerdem wollte er sich durch Flucht der Festnahme entziehen, also musste ich ihn fixieren.«

»Ich werde mich über diese Polizeistaat-Methoden beschweren!«, drohte Voss. Sein Gesicht war vor Wut gerötet, die Augen quollen beinahe aus den Höhlen. Die Zornesader auf der Stirn konnte man unmöglich übersehen.

»Wie Sie wünschen«, gab Antje unbeeindruckt zurück. Dann wandte sie sich an Roland: »Könntest du Herrn Voss bitte zur Wache begleiten? Saskia und ich nehmen die Räder und fahren schon mal vor.«

»Mit dem größten Vergnügen«, erwiderte er. »Herr Voss, ich helfe Ihnen jetzt auf die Beine. Ein kleiner Spaziergang wird Ihnen guttun.«

Der Verdächtige murmelte etwas Unverständliches. Um ein Kompliment handelte es sich wahrscheinlich nicht. Aber bevor Antje aufbrach, wollte sie den Inhalt des kleinen Gepäckstücks untersuchen. Sie zog sich Latexhandschuhe über und zog den Reißverschluss auf. Im Koffer befanden sich Goldbarren verschiedener Größe, außerdem einige sehr wertvoll aussehende Schmuckstücke – Colliers, Ringe, Armreifen und Broschen. Die Kommissarin pfiff durch die Zähne: »Wenn man den Wert dieser Gegenstände zusammenrechnet, dürfte ein hübsches Sümmchen herauskommen – vielleicht 100.000 Euro?!«

Sie hatte die Frage an keine bestimmte Person gerichtet. Voss schnitt eine Grimasse, als ob er sich auf eine Wurzelbehandlung beim Zahnarzt vorbereiten würde. Sie schien mit ihrer Vermutung ins Schwarze getroffen zu haben.

»Wir sehen uns dann auf der Polizeistation.«

Mit diesen Worten verabschiedete Antje sich von Roland und dem Verdächtigen und signalisierte Saskia mit einer Kopfbewegung, ihr zu folgen. Der Kommissarin kam es darauf an, zunächst ohne Voss' Anwesenheit eine Schilderung der Ereignisse zu bekommen. Nachdem die Polizistinnen außer Hörweite waren, fragte sie: »Was genau ist denn nun geschehen?«

»Zunächst gab Voss sich locker, er trank etwas in einer Strandbar und schlenderte ein wenig am Spülsaum entlang – scheinbar ziellos«, begann die Polizeimeisterin. Sie fuhr fort: »Für mich stand fest, dass der Verdächtige nach möglichen Verfolgern Ausschau hielt. Dabei verhielt er sich durchaus raffiniert, aber ich lasse mich nicht so leicht abschütteln. Und er schien auch nicht zu merken, dass ich hinter ihm her war. Nach einiger Zeit fiel mir auf, dass er sich immer weiter Richtung Westen bewegte – dorthin, wo sich weniger Menschen am Strand aufhielten. Es wurde also schwieriger, an ihm dranzubleiben. Voss schlug sich in die Dünen. Ich verlor ihn kurzzeitig aus den Augen, aber dann fand ich ihn wieder. Er hatte gerade diesen kleinen Koffer ausgegraben. Plötzlich drehte er sich in meine Richtung – und sah mich.«

»Wie hast du reagiert?«

»Ich musste mich schnell entscheiden, Antje. Natürlich hätte ich die harmlose Touristin spielen und einfach vorbeigehen können. Aber ich befürchtete, dass der

Verdächtige Beweismaterial für immer verschwinden lassen würde. Er hätte ja das Gepäckstück einfach nur in die Nordsee werfen müssen. Also ging ich auf ihn zu, zeigte meinen Dienstausweis und gab mich als Polizeibeamtin zu erkennen. Außerdem forderte ich Voss auf, den Koffer zu öffnen. Er weigerte sich und wollte weglaufen. Da erschien es mir sinnvoll, ihn sicherheitshalber festzunehmen.«

Die Flucht- und Verdunkelungsgefahr war zweifellos vorhanden. Die Kommissarin freute sich darüber, dass ihre junge Kollegin so beherzt und konsequent vorgegangen war.

»Ich würde an deiner Stelle auch nicht anders gehandelt haben«, betonte sie. »Ich bin gespannt, was Voss für eine Erklärung dafür hat, dass er diesen Koffer in den Dünen vergraben hatte.«

»Wenn wir auf der Wache angekommen sind, ziehe ich jedenfalls wieder meine Uniform an«, verkündete Saskia, »sonst glaube ich am Ende selbst noch, dass ich als Urlauberin hierhergekommen wäre.«

Nachdem sie die Wache erreicht hatten, untersuchten die Kommissarin und die Polizeimeisterin den Inhalt des Köfferchens genauer. Bei den Goldbarren würde sich ein aktueller Marktpreis leicht ermitteln lassen, beim Schmuck war es schon schwieriger. Antje zweifelte jedenfalls nicht daran, dass man mit dem Inhalt des Gepäckstücks ein neues Leben würde anfangen können. Als einige Zeit später der Kommissar und Voss die Polizeistation erreichten, hatte sie bereits frischen Tee gekocht.

»Der Herr ist momentan nicht sehr gesprächig«, stellte Roland mit einem Seitenblick auf den Verdächtigen fest und fügte hinzu: »Er hat auf dem Weg hierher keinen Ton von sich gegeben.«

»Wenn Sie sich vernünftig benehmen, können wir ab sofort auf die Handschellen verzichten«, sagte Antje freundlich zu Voss. Er warf ihr einen mürrischen Blick zu, nickte aber.

Daraufhin befreite Roland ihn von der »stählernen Acht«. Die Kommissarin belehrte den Verdächtigen noch einmal über seine Rechte und fügte hinzu: »Sie müssen sich nicht selbst belasten und können weiterhin die Aussage verweigern – oder auf der Anwesenheit eines Rechtsanwalts bestehen. Allerdings befand sich bei Ihrer Festnahme dieser Koffer in Ihrem Besitz. Ich gehe davon aus, dass sich Frederic Kuhlmanns Fingerabdrücke zumindest auf einigen dieser Goldbarren befinden. Es wäre also besser für Sie, wenn Sie uns die Wahrheit sagten.«

Noch waren der Koffer und dessen Inhalt nicht kriminaltechnisch untersucht worden, Antje sprach nur eine Vermutung aus. Sie hätte zu gern gewusst, was Voss in diesem Moment durch den Kopf ging. Nach einer Weile öffnete er den Mund: »Es hat sich nicht so abgespielt, wie Sie denken.«

»Dann erzählen Sie uns doch einfach, was sich an dem Abend zugetragen hat«, schlug die Kommissarin vor. Voss trank etwas von dem Tee, der ihm angeboten worden war. Dann sprach er zögernd weiter.

»Dank Viola wusste ich ja von dem geplanten Urlaub auf Juist. Ich hatte also genügend Zeit, um selbst auf die Insel zu gelangen. Das Brandungsangeln war für mich ein guter Vorwand. In Wirklichkeit ging es mir natürlich darum, mein Geld zurückzubekommen. – Na ja, und ich wollte auch Viola treffen. An dem Abend, als … Freddy starb, beobachtete ich das Ferienhaus. Mir fiel auf, dass er allein wegging. Ich hätte zu gern gewusst, wohin er wollte. Also klingelte ich erst einmal bei Viola und erkundigte mich danach. Sie behauptete, es nicht zu wissen. Ich fragte sie natürlich auch nach meinem Geld, aber sie hatte scheinbar keine Ahnung. War sie glaubwürdig oder nicht? Ich wusste nicht, was ich von ihr halten sollte.«

»Wie lange blieben Sie bei ihr?«

»Ich habe nicht auf die Uhr gesehen, Frau Fedder. Vielleicht eine halbe Stunde, mehr oder weniger. Sie fühlte sich nicht gut, klagte über Kopfschmerzen. Ich glaube nicht, dass sie mir etwas vorgespielt hat. Jedenfalls entschloss ich mich, Freddy zu folgen. Ich wollte noch einmal von Mann zu Mann mit ihm reden. Und tatsächlich fand ich ihn einige Zeit später am Strand – aber da war er schon tot!«

»Ja, der Große Unbekannte hat ihn inzwischen umgelegt, wie praktisch für Sie«, spottete Roland. Antje warf ihm einen gereizten Blick zu. Wenn der Spruch ihres Kollegen Voss nun verstummen ließ, dann würde sie Roland die Hölle heißmachen. Manchmal benahm er sich ihrer Meinung nach einfach zu unprofessionell. Aber zum Glück sprach der Verdächtige weiter: »Ich wusste ja, dass Sie mir nicht glauben würden – was ich unter den Umständen sogar verstehen kann. Es gab diese Schuldanerkenntnis, und ich wusste nicht, wo sie sich befand. Vielleicht hätten Sie auch mein Verhältnis zu Viola aufgedeckt. Es ist doch sonnenklar, wie so etwas auf einen Außenstehenden wirken muss. Deshalb habe ich den Leichenfund nicht gemeldet, wie ich es bei jedem anderen Opfer getan hätte.«

Roland öffnete erneut den Mund, aber er ahnte vermutlich, dass er sich bei Antje durch eine weitere Bemerkung nur noch unbeliebter machen würde. Deshalb hielt er sich jetzt zurück. Auch Saskia schwieg. Die junge Kollegin war nach ihrer Ankunft auf der Insel gleich in den Fall eingebunden worden, hatte aber noch keine Gelegenheit gehabt, sich intensiver damit zu befassen.

»Wie kamen Sie in den Besitz des Koffers?«, fragte Antje.

»Freddy lag ja in dieser Grube, das Gepäckstück befand sich direkt neben ihm. Es war noch halb mit Sand bedeckt. Ich weiß selbst nicht, warum ich den Koffer geöffnet habe – aber als ich das Gold sah, begriff ich Freddys Absicht: Er wollte abhauen und dabei diese Vermögenswerte mitnehmen. Gold und Schmuck kann man überall auf der Welt zu Geld machen. – Im Grunde habe ich mir eigentlich meine 100.000 Euro nur zurückgeholt.«

Die Kommissarin hakte nach: »Sie fanden also den Koffer am Tatort und waren der Meinung, er wäre dort vergraben gewesen. Warum haben Sie ihn dann mitgeschleppt und ein paar Kilometer entfernt erneut versteckt?«

Sie glaubte die Antwort auf diese Frage zu kennen, aber sie durfte dem Verdächtigen die Worte nicht in den Mund legen. Voss antwortete: »Ich konnte mir ja denken, dass Sie mich des Mordes verdächtigen würden. Wenn Sie den Koffer in meinem Hotelzimmer gefunden hätten, wäre das wie ein Schuldeingeständnis gewesen. Also musste ich das Gepäckstück zunächst irgendwo anders verstecken. Mir fiel nichts Besseres ein als ihn an einer anderen Stelle erneut zu vergraben. Aber ich bin etwas nervös geworden und hatte Sorge, den richtigen Platz wiederfinden zu können. Wahrscheinlich war es ein Fehler, ihn heute schon holen zu wollen – und dass Ihre Kollegin sich an meine Fersen heftet, ist mir leider entgangen.«

»Man tut, was man kann«, warf Saskia trocken ein.

»Wir werden Sie wegen Flucht- und Verdunkelungsgefahr vorerst hierbehalten«, sagte Antje zu Voss, »der Mordverdacht besteht nach wie vor. Ich rate Ihnen, mit einem Rechtsanwalt Kontakt aufzunehmen.«

Nachdem der Verdächtige mit einer auf Strafrecht spezialisierten Kanzlei telefoniert hatte, wurde er von Roland in eine Arrestzelle geführt.

»Fall gelöst, oder?«, meinte er, nachdem er zu den Polizistinnen zurückgekehrt war.

»Wir haben uns zwar alle nach Kräften bemüht, *Rollo*«, sagte Antje und warf ihm einen strafenden Blick zu, »aber die Frage nach der Tatwaffe ist immer noch offen. Und ich komme nicht darüber hinweg, dass Elke Greve schon früher auf Juist war, als sie behauptet hat.«

»Dafür kann es die unterschiedlichsten Gründe geben«, stellte Roland fest, der nach der neuerlichen Erwähnung seines ungeliebten Spitznamens sichtlich um Sachlichkeit bemüht war.

»Ja – beispielsweise, weil sie einen Mord begehen wollte«, erwiderte Antje. »Ich möchte einfach gern wissen, wo sie sich auf der Insel einquartiert hat. Und ich weiß auch schon, an wen ich mich zuerst wende.«

Während Saskia auf der Wache blieb, fuhren Antje und Roland zu Silvia Kron in die Deichstraße. Dort wohnte die Seemannswitwe in einem kleinen Rotziegel-Friesenhaus, das von den Großeltern ihres verstorbenen Mannes erbaut worden war. Sie bekam nur eine kleine Rente, und die Schwarzvermietung war ein wichtiger Verdienst für sie. Antje übersah geflissentlich diese Einnahmequelle – solange das Finanzamt kein Amtshilfeersuchen an die Polizei Juist richtete, würde sie nichts gegen Silvia unternehmen. Es dauerte einige Zeit, bis die Rentnerin nach dem Klingeln öffnete. Sie blinzelte die Beamten über ihre Halbbrille hinweg freundlich an: »Ach, du bist es, Antje. Und dein netter Kollege ist auch da!«

»Moin, Frau Kron«, grüßte Roland. Antje war ungeduldig: »Silvia, wir sind leider nicht zu einem Klönschnack gekommen. Wir können mit offenen Karten spielen: Ich möchte bitte, dass du mir das Zimmer deiner aktuellen Untermieterin zeigst!«

»Aber die ist doch schon ausgezo ...«

Silvia Kron unterbrach sich selbst, aber sie hatte sich bereits verplappert und zugegeben, dass sie bis vor Kurzem einen zahlenden Gast gehabt hatte. Die Kommissarin legte ihr beruhigend eine Hand auf die Schulter: »Keine Angst, wir machen dir keinen Ärger. Ich werde im Normalfall immer davon ausgehen, dass bei dir nur Freundinnen oder Verwandte übernachten, die dafür nicht bezahlen. Haben wir uns verstanden? – Aber die Frau, die bis vor Kurzem bei dir war, könnte gefährlich sein.«

Die Rentnerin erschrak sichtlich, dann machte sie eine einladende Bewegung: »Kommt doch herein, wir müssen das nicht alles an der Tür besprechen. – Ich hatte bei dieser Frau ehrlich gesagt selbst ein mieses Gefühl. Sie ist mir gegenüber nicht ausfällig geworden, aber sie hat so etwas Aggressives an sich – als ob sie eine Menge Wut im Bauch hätte.«

Damit ist Elke Greve ziemlich gut beschrieben, dachte Antje. Sie forderte: »Wir müssen nun das Zimmer sehen.«

Silvia Kron antwortete nicht, sondern ging auf der steilen Stiege ins Obergeschoss voran. Die Kommissare folgten ihr. Sie schloss eine Tür auf: »Wie gesagt, die junge Frau ist heute früh ausgezogen. Eigentlich wollte sie noch länger bleiben, aber sie hatte wohl ihre Meinung geändert. – Ich bin noch nicht dazu gekommen, hier sauber zu machen.«

Antje betrat die einfach eingerichtete Kammer. Die spartanische Möblierung bestand nur aus einem Feldbett, einem Kleiderschrank und einem Stuhl. Die Türen des Schranks waren offen, darin befand sich – nichts. Antje schaute unter die Matratze – erfolglos. Sie war enttäuscht, aber was hätte sie schon erwarten können? Natürlich hatte Elke Greve ihr ganzes Gepäck mitgenommen.

»Wie hieß eigentlich Ihre Mieterin?«, fragte Roland.

»Susanne Schmidt. – Sie hatte meine Telefonnummer aus dem Internet.«

Antje wusste, dass ein Portal für Schwarzübernachtungen existierte. Ihr ging es jetzt darum, ob die Verdächtige unter falschem Namen eingecheckt hatte. Die Kommissarin bat die Witwe darum, die Frau zu beschreiben. Und die Person, die sie schilderte, konnte zweifellos Elke Greve sein.

Aber wie sollen wir ihr den Mord nachweisen?, dachte Antje in einem Anfall von Mutlosigkeit. Roland trat nun ebenfalls ins Zimmer, ging an ihr vorbei zum Fenster, beugte sich vor und blickte hinaus. Dann drehte er sich abrupt um und verließ fluchtartig den Raum. Antje kannte ihren Freund und Kollegen inzwischen zur Genüge. Für sie gab es keinen Zweifel daran, was seine Reaktion zu bedeuten hatte: Er musste draußen etwas Wichtiges entdeckt haben. Silvia Kron hingegen war verwirrt: »Was hat Roland? Ist ihm schlecht geworden?«

»Nee, es ist alles in Ordnung«, versicherte die Kommissarin. Sie folgte ihrem Kollegen, musste sich Gewissheit verschaffen. Er war um das Haus herumgelaufen und durchforstete nun die dichte Hecke, von der das Grundstück zur Rückfront hin begrenzt wurde. Er stieß einen Triumphschrei aus und hielt mit seiner behand-schuhten Rechten einen Gegenstand hoch.

Es war ein Bolzenschussgerät.

Kapitel 12

»Vielleicht kann ich ja durch diesen kleinen Erfolg mein doofes Benehmen von vorhin ein wenig wettmachen«, meinte der Kommissar treuherzig, nachdem Antje die mutmaßliche Mordwaffe in einen Beweismittelbeutel verpackt hatte. Er fügte hinzu: »Als ich aus dem Fenster schaute, sah ich das Sonnenlicht auf dem Metall blitzen. Und da auf unserer schönen Insel normalerweise nicht viel Müll herumliegt, wollte ich schnell überprüfen, was da in der Hecke entsorgt wurde.«

»Es wäre wirklich gut, wenn du in Zukunft die Verdächtigen nicht so sehr provozieren würdest, *Roland*«, meinte Antje augenzwinkernd – wobei sie durch die Nennung seines richtigen Vornamens signalisierte, dass sie nicht mehr sauer auf ihn war. Sie sagte: »Normalerweise kann man mit einem Bolzenschussgerät keinen Menschen töten, soweit ich weiß. Aber diese Apparatur scheint umgebaut worden zu sein, wie Dr. Zimmerer es schon vermutete.«

»Die Kriminaltechniker werden beweisen können, ob Kuhlmann mit diesem Ding umgebracht wurde«, erwiderte Roland. Die Ermittler baten Silvia Kron, im Lauf des Tages zur Wache zu kommen, um ihre Aussage schriftlich niederzulegen. Dann verabschiedeten sie sich von der Witwe, die sichtlich erleichtert war, weil sie keine Schwierigkeiten bekam.

»Holen wir uns jetzt die neue Hauptverdächtige?«

»Darauf kannst du wetten, Roland! Aber erst müssen wir noch unsere Hausaufgaben machen.«

Der Kommissar wusste, was mit dieser Bemerkung gemeint war. Nach der Rückkehr zur Polizeiwache berichtete Antje der jungen Kollegin von der neuesten Entwicklung. Die Kommissare arbeiteten ein wenig an ihren

Computern, wodurch sie weitere Erkenntnisse gewannen. Dann gingen sie zum Herrenpfad, um die Mordverdächtige abzuholen.

*

Nachdem Roland an dem Ferienhaus geklingelt hatte, wurde ihm von Elke Greve geöffnet. Antje fand es bemerkenswert, dass sie und nicht Viola Kuhlmann an die Tür ging. Es war, als ob diese Frau bereits die Kontrolle über das Leben ihrer Freundin übernommen hatte. Zumindest kam es der Kommissarin so vor. Die Begrüßung fiel jedenfalls denkbar frostig aus. Elke Greve verschränkte die Arme vor der Brust und verdrehte die Augen.

»Was wollen Sie denn schon wieder?!«

»Wir müssen Sie bitten, uns auf die Wache zu begleiten. Sie stehen im dringenden Verdacht, Frederic Kuhlmann getötet zu haben«, sagte Roland ruhig.

»Drehen Sie jetzt völlig durch?«, regte die Verdächtige sich auf. »Sie können doch nicht ...«

»Wir haben mit Silvia Kron gesprochen«, erklärte Antje, wobei sie jedes Wort ihres Satzes betonte. Ihre Worte ließen Elke Greve verstummen.

»Was ist denn los?«

Diese Frage kam von Viola Kuhlmann, die allerdings nicht am Eingang erschien. Im Hintergrund war das Klappern von Töpfen zu hören, außerdem strömte den Ermittlern ein Duft nach gebratenem Fleisch entgegen. Vermutlich stand die Witwe gerade in der Küche.

»Es gibt hier ein Missverständnis, ich bin gleich wieder da«, rief Elke Greve.

»An Ihrer Stelle würde ich nicht mit dem Essen auf meine Freundin warten«, erklärte Antje mit derselben Lautstärke. Daraufhin erschien Viola Kuhlmann. Sie hatte eine Schürze umgebunden und war offenbar tatsächlich in der Küche beschäftigt gewesen. Ihre Augen wurden feucht, vielleicht hatte sie bereits geahnt, was nun plötzlich zur Gewissheit wurde.

»Elke – du?!«, stammelte die Witwe.

Die Mordverdächtige kniff die Augen zusammen und warf den Ermittlern einen Unheil verkündenden Blick zu. Antje war froh, dass diese Frau momentan keinen Fleischklopfer zur Hand hatte. Die Kommissarin war überzeugt davon, dass dieser ansonsten wieder als Angriffswaffe gedient hätte.

»Ich durchsuche Sie jetzt nach Waffen und gefährlichen Gegenständen«, kündigte Antje an. Einen Moment lang schien es, als ob Elke Greve Widerstand leisten wollte. Aber dann änderte sie ihre Absicht, beließ es nur bei einem lahmen Spruch.

»Die Bullen sind auf dem Holzweg, Viola. Du kennst mich doch.«

Die Witwe erwiderte nichts, sondern eilte in die Küche zurück. Die Inselpolizisten nahmen die Mordverdächtige in die Mitte. Da sie sich friedlich verhielt, legten sie ihr keine Handschellen an. Auf dem Weg zur Polizeistation belehrte Roland sie über ihre Rechte.

»Ich brauche keinen Strafverteidiger, ich habe nichts verbrochen!«, beharrte Elke Greve störrisch. Nachdem sie die Wache erreicht hatten, begann das Verhör. Die Mordverdächtige nahm auf Antjes Besucherstuhl Platz, Saskia schaltete ein Audio-Aufnahmegerät ein. Die Kommissarin zeigte das Bolzenschussgerät, das Roland aus der Hecke gefischt hatte.

»Sie sind noch nicht erkennungsdienstlich behandelt worden, Frau Greve. Aber ich gehe davon aus, dass sich Ihre Fingerabdrücke auf diesem Apparat befinden. Und wahrscheinlich können wir auch nachweisen, ob es sich um die Mordwaffe im Fall Frederic Kuhlmann handelt oder nicht.«

Elke Greves Blick wurde glasig. Hatte sie wirklich damit gerechnet, dass die Polizei den Gegenstand nicht finden würde? Roland hielt sich mit Bemerkungen zurück, er hatte aus seinen vorherigen Erfahrungen gelernt. Nachdem einige Augenblicke lang Schweigen herrschte, öffnete die Verdächtige wieder den Mund: »Verdammt, ich muss Sie unterschätzt haben. – Ja, ich habe diesen Dreckskerl Freddy Kuhlmann ins Jenseits befördert!«

Das ging ja schnell, dachte die Kommissarin. Aber das eigentliche Geständnis war nur die halbe Arbeit. Nun galt es noch, Elke Greves Beweggründe zu beleuchten. Antje ging jedenfalls nicht von einem spontanen Gewaltausbruch, sondern von einer geplanten Tat aus. Wer ein speziell »scharfgemachtes« Bolzenschussgerät mit sich führte, wollte es gewiss auch benutzen.

»Warum musste Kuhlmann sterben?«, fragte sie direkt. Die Mörderin antwortete nicht sofort. Ob sie ihre eigene Tat gar nicht so stark reflektiert hatte? Auch solche Fälle kamen vor, aber die Ermittler kannten inzwischen einige Details aus ihrer Vergangenheit. Roland, der hinter seiner Kollegin stand und sich gegen einen Aktenschrank lehnte, holte sein Notizbuch hervor: »Sie sind ebenfalls verheiratet, nicht wahr?«

»Wenn Sie das schon wissen, warum fragen Sie dann so dumm?«, gab sie patzig zurück. Auch Antje war der Meinung, dass Elke Greves eigene Ehe eine Schlüsselrolle in dem Mordfall spielte.

»Ihr Ehemann Michael verschwand vor drei Jahren spurlos«, sagte die Kommissarin, »das konnten wir in Erfahrung bringen. Seitdem gibt es von ihm weder Anrufe noch Textnachrichten, auch keine Kontobewegungen oder Bargeld-Abhebungen – nichts. Seine Freunde und

Verwandte haben angeblich keine Ahnung, wo er sich aufhalten könnte. Oder ob er überhaupt noch lebt. Unsere Polizeikollegen konnten bisher keinen Hinweis auf ein Verbrechen entdecken.«

»Dieser Mistkerl hat mich einfach alleingelassen!«, stieß Elke Greve hervor.

»Er hat also genau das getan, was Frederic Kuhlmann offenbar plante«, stellte Roland fest. Die Mörderin schnaubte verächtlich: »Ja, Michael und Freddy könnten Brüder im Geiste sein, wenn man das so ausdrücken will. Sie haben es krachen lassen, das Geld verprasst – und als es ungemütlich wurde, wollten sie sich aus dem Staub machen.«

Der Kommissarin entging nicht, dass Kuhlmanns Mörderin von ihrem eigenen Ehemann in der Vergangenheit sprach. Ob sie ihn ebenfalls auf dem Gewissen hatte? Die Ermittler konnten dies von Juist aus nicht beurteilen, aber Antje würde ihre Ermittlungsergebnisse natürlich den zuständigen Polizeikollegen zukommen lassen. Vielleicht würde ihnen dies dabei helfen, Michael Greves Schicksal aufzuklären.

»Woher wussten Sie, dass Kuhlmann untertauchen wollte?«

»Ich *wusste* es nicht, Herr Witte – aber ich habe ein untrügliches Gespür für unehrliche Männer. Und mit Viola bin ich eng befreundet. Sie ist lieb und nett, aber leider etwas weltfremd. Als sie mir begeistert erzählte, wie erfolgreich ihr Kerl ist, schrillten bei mir die Alarmsirenen. Ich meine, es mag ja Männer und Frauen geben, die aus eigener Kraft auf der Überholspur landen. Solche Leute habe ich auch schon kennengelernt. Aber als ich mir Kuhlmanns ›Geschäftsmodell‹ etwas genauer ansah, wurde mir klar, dass er auf Pump den dicken Max spielte und sein Wohlstand nur auf Sand gebaut war.«

»Sie hätten Ihre Freundin einfach vor ihm warnen können«, warf Saskia ein. Die Mörderin bedachte die junge Polizeimeisterin mit einem arroganten Blick: »Sie sind ja noch nicht ganz trocken hinter den Ohren, was wissen Sie schon?! Haben Sie noch nie davon gehört, dass Liebe blind macht?«

Saskia presste die Lippen aufeinander. Sie wollte sich nicht auf ein Streitgespräch einlassen, jedenfalls hielt sie ab sofort den Mund.

»Also haben Sie die Sache lieber selbst in die Hand genommen?«, vergewisserte Antje sich. Elke Greve nickte: »Ich bin keine Waffennärrin, und ich fürchte mich vor Pistolen oder Revolvern. Aber mein Vater hatte früher eine Nebenerwerbslandwirtschaft, und in der Erbmasse fand ich diesen Apparat, mit dem man vor der Schlachtung die Tiere betäubt. Ich halte mich für eine begabte Bastlerin, aber natürlich wusste ich nicht, ob die Wirkung des umgebauten Geräts tatsächlich tödlich sein würde. Das musste ich ausprobieren. Durch Viola wusste ich von dem Juist-Urlaub. Meiner Meinung nach wäre das eine perfekte Gelegenheit für Kuhlmann gewesen, meine Freundin im Stich zu lassen und auf Nimmerwiedersehen zu verschwinden. Die Suppe wollte ich ihm gründlich versalzen. Also reiste ich ebenfalls auf die Insel und quartierte mich bei Silvia Kron ein. Jetzt musste ich nur noch das Ferienhaus im Auge behalten. Und wie es aussah, kam ich gerade noch rechtzeitig. An dem Abend, als Kuhlmann von seinem Schicksal ereilt wurde, ging er allein fort. Ich folgte ihm und bekam mit, dass er einen Koffer ausbuddelte. Wahrscheinlich wollte er abhauen, aber ich gab ihm noch eine Chance – indem ich ihn überraschte und mit seinem Namen ansprach.«

»Sie beide kannten einander also?«, hakte Roland nach. »Wusste er denn auch, mit wem er es zu tun hatte?«

»Ja, Freddy und ich sind uns bei einer Party über den Weg gelaufen«, bestätigte die Mörderin. »Unsere Abneigung beruhte auf Gegenseitigkeit. Ich fragte ihn direkt, ob er Viola verlassen wollte. Er leugnete es nicht einmal: ›Für deine Freundin ist gesorgt‹, höhnte er. Da sah ich rot und erledigte ihn. Freddy war auf der Stelle tot. Mein Bolzenschussgerät funktionierte einwandfrei.«

Die Selbstgefälligkeit der Verbrecherin ging Antje auf den Wecker: »Und Sie kamen nicht auf die Idee, den Inhalt des Koffers zu überprüfen?«

Elke Greve hob die Schultern: »Vielleicht hätte ich das tun sollen, aber ich hörte Geräusche. Einige Radfahrer kamen auf der Strandpromenade vorbei. Ich schlug einen weiten Bogen und überlegte ernsthaft, noch einmal zurückzukehren. Aber es erschien mir zu riskant, mein Ziel hatte ich ja erreicht.«

»Und was ist mit der Himbeersirup-Botschaft im Briefkasten?«, fragte der Kommissar.

»Das war ein Versuch, eine falsche Spur zu legen«, gab die Täterin zu. »Dieser Flyer von Freddys Baufirma ist mir irgendwann mal in die Hände gefallen. Da er so viele Eigenheimbesitzer übers Ohr gehauen hat, erschien es mir als eine clevere Idee, den Verdacht in diese Richtung zu lenken.«

»Dieses Täuschungsmanöver hat nicht funktioniert«, stellte Antje trocken fest, »und warum haben Sie Leon Mayerbrink angerufen und sich als Ihre Freundin ausgegeben?«

»Wie bitte?! Das bin ich nicht gewesen, Frau Fedder! Erstens habe ich die Mobilnummer dieser Flachzange überhaupt nicht, und zweitens – warum hätte ich das tun sollen?!«

Ja – aus welchem Grund? Die Täterin hatte den Mord gestanden und zugegeben, den Zettel in den Briefkasten getan zu haben. Den falschen Anruf zu leugnen, würde ihr wahrscheinlich keine mildernden Umstände vor Gericht einbringen. Und plötzlich fiel der Kommissarin die Lösung ein. Sie sagte: »In Ordnung, das sind Sie dann wohl wirklich nicht gewesen. – Sie werden morgen früh mit der Fähre nach Norddeich überstellt. Ein Richter wird über die Verhängung von Untersuchungshaft entscheiden.«

Saskia hatte das Verhörprotokoll getippt. Nachdem es ausgedruckt worden war, wurde es von Elke Greve unterschrieben. Die Täterin wirkte jetzt beinahe lethargisch, ihre aggressive Energie schien aufgebraucht zu sein. Vielleicht war sie auch insgeheim erleichtert, niemandem mehr etwas vorspielen zu müssen. Die Polizeimeisterin führte die Mörderin in eine Arrestzelle. Nachdem Saskia ins Wachlokal zurückgekehrt war, fragte sie: »Also hat diese Frau gemordet, weil sie ihrer Freundin ersparen wollte, sitzengelassen zu werden? Das ergibt keinen Sinn – Viola Kuhlmann ist doch jetzt auch wieder allein.«

»Vielleicht hoffte Elke Greve, eine größere Rolle in Violas Leben zu spielen. Oder sie war für die Täterin mehr als nur eine Freundin«, vermutete Antje. »Das wird sich vielleicht beim Strafprozess herausstellen, aber das ist dann nicht mehr unser Bier.«

»Wer hat denn nun Leon in Violas Namen getextet?«, rätselte Roland.

»Wenn du mich fragst, dann war es das spätere Mordopfer selbst«, vermutete die Kommissarin und erklärte: »Als Leon die Nachricht bekam, hat Kuhlmann noch gelebt. Er wird die Worte mit einem Einweghandy geschrieben haben, das er auf dem Weg zum Strand entsorgte. Vergiss nicht, dass er auch Ben Jürgens aktiviert hat, um seine Ehefrau in Zukunft vor der Einsamkeit zu bewahren.«

»Eine merkwürdige Art, um Liebe zu zeigen«, meinte Saskia.

»Und ich frage mich, ob Elke Greve auch noch ihren eigenen Ehemann umgebracht hat«, dachte Roland laut nach.

»Zuzutrauen wäre es ihr – aber diesen Fall überlassen wir besser den Kollegen auf dem Festland, sonst haben die ja gar nichts mehr zu tun«, gab Antje augenzwinkernd zurück. Und dann brachen alle drei in ein befreiendes Lachen aus.

ENDE

Ostfrieslandkrimi-Empfehlungen
des Klarant Verlages

Lernen Sie auch die anderen Bücher der Ostfrieslandkrimi-Serie **»Witte und Fedder ermitteln«** von **Sina Jorritsma** kennen:

Die Kommissarin Antje Fedder ist ein waschechtes Juister Inselkind. Sie kennt ihr Heimat-Eiland wie ihre Westentasche. Als zurückhaltende Norddeutsche hat sie anfangs so ihre Probleme mit der charmanten und unbeschwerten Art ihres zugezogenen Kollegen Roland Witte. Doch Gegensätze ziehen sich bekanntlich an, und die beiden Polizisten lösen auf der kleinen Insel auch die kniffligsten Krimirätsel. Auch Antjes Vater Tjark Fedder steht ihnen mit Rat und Tat zur Seite, denn der Gastwirt schnappt viele Informationen auf. Nur die übereifrige Bürgermeisterin Silke Meester erschwert den Ermittlern oft die Arbeit.

In der Serie sind bereits folgende Ostfrieslandkrimis erschienen:

»Juister Herzen«, Band 1
Taschenbuch-ISBN: 978-3-95573-911-9
eBook-ISBN: 978-3-95573-912-6

Ein mysteriöser Todesfall versetzt die ostfriesische Insel Juist in Aufruhr. Im Bett einer Ferienwohnung liegt die Leiche einer jungen Frau. Doch weder sind äußere Verletzungen erkennbar, noch wohnte Diana Schröder in der Unterkunft, in der sie allem Anschein nach starb. Die Inselkommissare Antje Fedder und Roland Witte nehmen die Ermittlungen auf, und schnell finden sie heraus: Die

Ferienwohnung wird von einer Selbsthilfegruppe gemietet, deren Mitglieder ihre große Liebe verloren haben. Juister Herzen nennt sich die Veranstaltung auf der idyllischen Nordseeinsel, die helfen soll, verletzte Seelen wieder zu heilen. Aber wie kam Diana überhaupt in dieses Bett? Und weshalb trug sie eine Pistole bei sich? Ins Visier der Ermittlungen gerät Clemens Vogt, der Leiter der Selbsthilfegruppe. Die Inselkommissare bezweifeln seine guten Absichten und stoßen schließlich doch auf eine überraschende Verbindung zwischen den Juister Herzen und der Toten ...

»Juister Düfte«, Band 2
Taschenbuch-ISBN: 978-3-95573-957-7
eBook-ISBN: 978-3-95573-958-4

»Juister Reiter«, Band 3
Taschenbuch-ISBN: 978-3-96586-027-8
eBook-ISBN: 978-3-96586-028-5

»Juister Taucher«, Band 4
Taschenbuch-ISBN: 978-3-96586-088-9
eBook-ISBN: 978-3-96586-089-6

»Juister Düne«, Band 5
Taschenbuch-ISBN: 978-3-96586-126-8
eBook-ISBN: 978-3-96586-127-5

»Juister Hochzeit«, Band 6
Taschenbuch-ISBN: 978-3-96586-176-3
eBook-ISBN: 978-3-96586-177-0

»Juister Lüge«, Band 7
Taschenbuch-ISBN: 978-3-96586-217-3
eBook-ISBN: 978-3-96586-218-0

»Juister Perlen«, Band 8
Taschenbuch-ISBN: 978-3-96586-267-8
eBook-ISBN: 978-3-96586-268-5

»Juister Zeuge«, Band 9
Taschenbuch-ISBN: 978-3-96586-307-1
eBook-ISBN: 978-3-96586-308-8

»Juister Clown«, Band 10
Taschenbuch-ISBN: 978-3-96586-358-3
eBook-ISBN: 978-3-96586-359-0

»Juister Chor«, Band 11
Taschenbuch-ISBN: 978-3-96586-434-4
eBook-ISBN: 978-3-96586-435-1

»Juister Party«, Band 12
Taschenbuch-ISBN: 978-3-96586-471-9
eBook-ISBN: 978-3-96586-472-6

»Juister Wein«, Band 13
Taschenbuch-ISBN: 978-3-96586-522-8
eBook-ISBN: 978-3-96586-523-5

»Juister Hexe«, Band 14
Taschenbuch-ISBN: 978-3-96586-564-8
eBook-ISBN: 978-3-96586-565-5

»Juister Seestern«, Band 15
Taschenbuch-ISBN: 978-3-96586-607-2
eBook-ISBN: 978-3-96586-608-9

»Juister Maler«, Band 16
Taschenbuch-ISBN: 978-3-96586-631-7
eBook-ISBN: 978-3-96586-632-4

»Juister Onkel«, Band 17
Taschenbuch-ISBN: 978-3-96586-722-2
eBook-ISBN: 978-3-96586-723-9

»Juister Haken«, Band 18
Taschenbuch-ISBN: 978-3-96586-761-1
eBook-ISBN: 978-3-96586-762-8

»Juister Feuer«, Band 19
Taschenbuch-ISBN: 978-3-96586-779-6
eBook-ISBN: 978-3-96586-780-2

»Juister Brief«, Band 20
Taschenbuch-ISBN: 978-3-96586-805-2
eBook-ISBN: 978-3-96586-806-9

»Juister Zahltag«, Band 21
Taschenbuch-ISBN: 978-3-96586-921-9
eBook-ISBN: 978-3-96586-922-6

»Juister Hammer«, Band 22
Taschenbuch-ISBN: 978-3-96586-963-9
eBook-ISBN: 978-3-96586-964-6

»Juister Siegel«, Band 23
Taschenbuch-ISBN: 978-3-96586-976-9
eBook-ISBN: 978-3-96586-977-6

»Juister Krabbe«, Band 24
Taschenbuch-ISBN: 978-3-68975-014-5
eBook-ISBN: 978-3-68975-015-2

»Juister Camping«, Band 25
Taschenbuch-ISBN: 978-3-68975-158-6
eBook-ISBN: 978-3-68975-159-3

»Juister Angler«, Band 26
Taschenbuch-ISBN: 978-3-68975-210-1
eBook-ISBN: 978-3-68975-211-8

Klarant Verlag

Lernen Sie die Ostfrieslandkrimi-Titel des Klarant Verlages kennen und besuchen Sie uns im Internet unter:

www.ostfrieslandkrimi.de

und

www.klarant.de

Sie können dort Näheres über unsere Autorinnen und Autoren erfahren, viele weitere interessante Bücher und eBooks finden und Leseproben herunterladen. Mit dem kostenlosen Newsletter auf

www.ostfrieslandkrimi-lesen.de

erhalten Sie aktuelle Informationen rund um das Verlagsprogramm, wie beispielsweise spannende Neuerscheinungen und Gewinnspiele.